歌词卷

陈小奇 著

陈小奇文集

中山大学出版社
·广州·

版权所有　翻印必究

图书在版编目（CIP）数据

陈小奇文集. 歌词卷 / 陈小奇著. —广州：中山大学出版社，2022.12
ISBN 978-7-306-07595-6

Ⅰ. ①陈…　Ⅱ. ①陈…　Ⅲ. ①歌词集—中国—当代　Ⅳ. ① I217.2

中国版本图书馆 CIP 数据核字（2022）第 136581 号

出 版 人：王天琪
策划编辑：嵇春霞
责任编辑：陈　霞
封面设计：林绵华
责任校对：卢思敏
责任技编：靳晓虹
出版发行：中山大学出版社
电　　话：编辑部　020-84110283，84111996，84111997，84113349
　　　　　发行部　020-84111998，84111981，84111160
地　　址：广州市新港西路 135 号
邮　　编：510275　　　　　传　真：020-84036565
网　　址：http://www.zsup.com.cn　E-mail：zdcbs@mail.sysu.edu.cn
印 刷 者：恒美印务（广州）有限公司
规　　格：787mm×1092mm　1/16　24.25 印张　422 千字
版次印次：2022 年 12 月第 1 版　2022 年 12 月第 1 次印刷
定　　价：96.00 元

如发现本书因印装质量影响阅读，请与出版社发行部联系调换

谨以此书献给中山大学一百周年华诞

（1924 — 2024）

简介 陈小奇

陈小奇,广东省人民政府文史研究馆馆员、著名词曲作家、著名音乐制作人、文学创作一级作家、音乐副编审。

1954年出生于广东普宁,1965年随父母移居广东梅县。1972年高中毕业于梅县东山中学,同年被分配至位于平远县的梅县地区第二汽车配件厂工作;1978年在恢复高考后考入中山大学中文系;1982年本科毕业,同年进入中国唱片公司广州分公司,历任戏曲编辑、音乐编辑、艺术团团长、企划部主任等职;1993年调任太平洋影音公司总编辑、副总经理;1997年调任广州电视台音乐总监、文艺部副主任,同年创建广州陈小奇音乐有限公司;2001年从广州电视台辞职,自行创业。

曾任中国音乐家协会流行音乐学会常务副主席、中国音乐文学学会副主席、中国音乐家协会理事、中国音乐著作权协会理事、广东省作家协会副主席、广东省音乐家协会副主席、广东省流行音乐协会主席、广东省音乐文学学会主席、广州市音乐家协会主席、广州市文学艺术界联合会副主席、广东省粤港澳合作促进会副会长、广东省棋类促进会副会长、广东省作家协会书画院副院长等。

1990年创办广东省通俗音乐研究会,被推选为会长;2002年广东省通俗音乐研究会正式注册为广东省流行音乐学会,2007年更名为"广东省流行音乐协会",其长期担任协会主席职务,2022年被推选为终身荣誉主席。其作为广东音乐界的领军人物,为广东乃至全国流行音乐的发展做出了卓越贡献。

曾获中国十大词曲作家奖、中国最杰出音乐人奖、中国金唱片奖音乐人奖等数十项个人奖。

2007年经《羊城晚报》提名、大众投票,当选为"读者喜爱的当代岭南文化名人50家"。

2008年获由中共广东省委统一战线工作部评选的"广东省第二届优秀中国特色社会主义事业建设者"荣誉称号。

1983年开始,以诗人身份转为流行歌曲创作者,至今已有2000余首词曲作品问世,获"中国音乐金钟奖""中国金唱片奖""中国电视金鹰奖""中国十大金曲奖""中央电视台全国青年歌手电视大奖赛优秀作品""广东省鲁迅文学艺术奖(艺术类)"等各类作品奖项230多个;其作品多次入选中央电视台春节联欢晚会并分别有11首歌词及9首歌曲入选由国务院参事室、中央文史研究馆主办的《百年乐府——中国近现代歌词编年选》和《百年乐府——中国近现代歌曲编年选》。其作品以典雅、空灵、具有深厚文化底蕴的南派艺术风格独步内地乐坛,被誉为内地流行音乐的"一代宗师"。

代表作品有:《涛声依旧》(毛宁演唱)、《大哥你好吗》(甘苹演唱)、《我不想说》(杨钰莹演唱)、《高原红》(容中尔甲演唱)、《九九女儿红》(陈少华演唱)、《烟花三月》(吴涤清演唱)、《敦煌梦》(曾咏贤演唱)、《梦江南》(朱晓琳演唱)、《山沟沟》(那英演唱)、《为我们的今天喝彩》(林萍演唱)、《拥抱明天》(林萍演唱)、《大浪淘沙》(毛宁演唱)、《灞桥柳》(张咪演唱)、《三个和尚》(甘苹演唱)、《秋千》(程琳演唱)、《巴山夜雨》("光头"李进演唱)、《白云深处》(廖百威演唱)、《又见彩虹》(刘欢、毛阿敏演唱)、《七月火把节》(山鹰组合演唱)、《马兰谣》(李思琳演唱)及太阳神企业形象歌曲《当太阳升起的时候》等。

其中,《涛声依旧》自问世以来迅速风靡海内外,久唱不衰,成为内地流行歌曲的经典作品,连续入选中央电视台举办的"中国二十世纪经典歌曲评选20首金曲"及"中国原创歌坛20年金曲评选30首金曲",获中国音乐家协会颁发的"改革开放30周年流行金曲"勋章,并入选《人民日报》发布的"改革开放40年40首金曲";《跨越巅峰》《又见彩虹》和《矫健大中华》则分别被评选为首届世界女子足球锦标赛会歌、中华人民共和国第九届运动会会歌和第八届全国少数民族运动会会歌;《高原红》(词曲)、《又见彩虹》(作词)获中国音乐界最高奖项"中国音乐金钟奖";作为制作人制作的容中尔甲专辑《阿咪罗罗》获"中国金唱片奖专辑奖";与梁军合作的大型民系风情歌舞《客家意象》音乐专辑获"中国金唱片奖创作特别奖"。

作为制作人及制作总监,先后推出甘苹、李春波、陈明、张萌萌、林萍、伊扬、"光头"李进、廖百威、陈少华、山鹰组合、火凤、容中尔甲等著名歌手,其作品也成为毛宁、杨钰莹、那英、张咪等著名歌星的成名代表作。

1993年率旗下歌手赴北京举办歌手推介会,引起轰动,在全国掀起90年代签约歌手造星热潮。

1992年至今,先后在广州、深圳、汕头、东莞、梅州、贵州、北京和新西兰奥克兰、澳大利亚悉尼、美国硅谷等国内外城市或地区以及广东电视台、中央电视台中文国际频道等举办了15场个人作品演唱会。其中,中共广东省委宣传部立项的"陈小奇经典作品北京演唱会"被确定为庆祝改革开放40周年广东音乐界唯一上京献礼项目。

曾应邀担任哈萨克斯坦第六届亚洲之声国际流行音乐大奖赛评委;多次担任中央电视台全国青年歌手电视大奖赛总决赛评委、中国音乐金钟奖流行音乐大赛总决赛评委、中国金唱片奖总评委,还曾担任首届维也纳国际流行童声大赛国际评委、全球华人新秀歌唱大赛总决赛评委、上海亚洲音乐节总决赛评委、上海世博会征歌大赛总评委、香港国际声乐公开赛及香港创作歌唱大赛总决赛评委等多个海内外国家或地区歌唱大赛及创作大赛总评委。

曾出版《草地摇滚——陈小奇作词歌曲100首》、《涛声依旧——陈小奇歌词精选200首》、《中国流行音乐与公民文化——草堂对话》[与陈志红合著,获"广东省鲁迅文学艺术奖(艺术类)"]、《陈小奇自书歌词选》(书法集)、《广东作家书画院书画作品集——陈小奇书法作品》等著作,并出版发行《世纪经典——陈小奇词曲作品60首》《意韵》等个人作品唱片专辑多部。

《陈小奇文集》(含《歌词卷》《歌曲卷》《诗文卷》《述评卷》《书画卷》共五卷)由中山大学出版社于2022年出版。

人民日报、中央电视台、美国纽约华人广播网、美国侨报、日本朝日新闻社、凤凰卫视、南方日报、羊城晚报、广州日报等上百家海内外媒体对其进行了近千次专访及报道。2019年5月4日,中央电视台中文国际频道播出了《向经典致敬——陈小奇》专题节目。

曾策划组织由原国家旅游局主办的"首届全国旅游歌曲大赛"及"唱响家乡——城市系列旅游组歌""亚洲中文音乐大奖""潮语歌曲大赛""全球客家流行金曲榜""广东流行音乐10年、20年、30年、35年庆典"等大型赛事及活动,被誉为"中国旅游歌曲之父"和"潮汕方言流行歌曲"及"客家方言流行歌曲"的奠基者。

1999年,担任20集电视连续剧《姐妹》(《外来妹》姐妹篇)的制片人,作品获中国电视金鹰奖长篇电视连续剧优秀奖。

2009年,担任大型民系风情歌舞《客家意象》的总编剧、总导演并负责全剧歌曲创作,作品在"世界客都"梅州定点旅游演出,并在广东5市、我国台湾地区及马来西亚等地巡回演出。

2019年,担任音乐剧《一爱千年》(原名《法海》)的编剧、词作者,该作品由中国歌剧舞剧院排演,是中国首个在线上演出的音乐剧,该剧本于2017年入选国家艺术基金项目。

其诗歌作品分别在《人民日报》《南方日报》《羊城晚报》及《作品》《星星诗刊》《青年诗坛》《特区文学》等报刊发表,长诗《天职》在《人民日报》刊登并获中共广东省委宣传部抗"非典"文学创作二等奖;散文《岁月如歌》获"如歌岁月——纪念新中国成立60周年叙事体散文全国征文"二等奖。

曾于1997年在广东画院举办个人自书歌词书法展;专题纪录片《词坛墨客——陈小奇》由广东电视台拍摄播出。

2022年,在其故乡普宁,由市政府立项兴建陈小奇艺术馆。

目 录

第一辑 涛声依旧

涛声依旧	/2	七月七	/17
白云深处	/3	七 夕	/18
巴山夜雨	/4	断 桥	/20
大浪淘沙	/5	圆明园	/22
朝云暮雨	/6	九龙壁	/23
敦煌梦	/7	龙的命运	/24
梦江南	/9	高山流水	/26
湘 灵	/10	千百个梦里全是你	/27
灞桥柳	/12	飞雪迎春	/28
桃花源	/13	空 谷	/29
如梦令	/14	清风竹影	/30
紫 砂	/15	春暖花开	/31
忆江南	/16	这一轮月亮叫中华	/32

第二辑　九九女儿红

九九女儿红	/34	秋天印象	/51
山沟沟	/35	风雨匆匆	/52
问夕阳	/36	渔歌	/53
故园家山	/37	大锣鼓	/54
乡思	/38	明月生上海	/56
故乡你老了吗	/39	珠江月	/57
小溪	/40	南方的女人	/58
外乡人	/41	船夫	/59
故乡恋情	/42	纤夫	/60
鹧鸪声声	/43	山高水深	/62
家	/45	山妹子	/63
想家的人	/46	家乡	/64
秋归	/47	我的北京	/65
青纱帐	/48	苍穹之下	/66
山歌	/49	老屋	/67
花魂	/50	沧海桑田	/68

第三辑　烟花三月

烟花三月		这里情最多	
——扬州市形象歌曲	/70	——岳阳市形象歌曲	/72
月下故人来		故乡最吉祥	
——扬州城庆歌曲	/71	——泰州市形象歌曲	/73

听　涛
　　——湛江市特呈岛形象歌曲
　　　　　　　　　　　　/ 74

妃　子　笑
　　——茂名市荔枝节主题曲　/ 75

两千年的请柬
　　——揭阳旅游主题曲　　/ 76

五指石恋曲
　　——平远县五指石景区形象歌曲
　　　　　　　　　　　　/ 77

南　台　缘
　　——平远县南台山旅游形象歌曲
　　　　　　　　　　　　/ 78

梅沙踏浪
　　——深圳市旅游歌曲　　/ 79

永远的眷恋
　　——阳江市形象歌曲　　/ 80

闲敲棋子入花溪
　　——贵阳市花溪棋亭遗址之歌
　　　　　　　　　　　　/ 81

醉你在云里头
　　——六盘水市旅游歌曲　/ 82

击水中流
　　——贵州赤水独竹舟之歌　/ 83

我是你路口迎客的松
　　——黄山旅游歌曲　　　/ 84

春泉水暖
　　——阳春市旅游歌曲　　/ 85

一城阳光
　　——阳江市江城区形象歌曲
　　　　　　　　　　　　/ 86

天风海韵
　　——虎门镇旅游歌曲　　/ 87

广州在等你
　　——广州市文旅形象歌曲　/ 88

第四辑　高原红

高　原　红	/ 92	敬你一碗青稞酒	
七月火把节	/ 93	——四川九寨沟迎宾曲	/ 96
牧野情歌	/ 94	阿　　妈	/ 97
天山之月	/ 95	格桑花开	/ 98

天苍苍地茫茫	/99	走出大凉山	/106
马背天涯	/100	索玛花	/108
三月三	/101	金沙江	/109
黎母山恋歌	/102	高原的汉子	/110
珠穆朗玛峰	/103	瑞丽江的女儿	/111
西藏情歌	/104	冬不拉	/112
苗山摇滚	/105		

第五辑　我不想说

我不想说
　　——电视连续剧《外来妹》
　　片头曲　　　　　　　　　/114

等你在老地方
　　——电视连续剧《外来妹》
　　片尾曲　　　　　　　　　/115

九曲黄河一壶酒
　　——电视连续剧《毛泽东》
　　主题曲　　　　　　　　　/116

所有的往事
　　——电视连续剧《情满珠江》
　　主题曲　　　　　　　　　/117

热血男儿
　　——电视连续剧《和平年代》
　　主题曲　　　　　　　　　/118

我的好姐妹
　　——电视连续剧《姐妹》片头曲
　　　　　　　　　　　　　　/119

陪你坐一会
　　——电视连续剧《姐妹》片尾曲
　　　　　　　　　　　　　　/120

人民的儿子
　　——电影《邓小平》主题曲
　　　　　　　　　　　　　　/121

长安恋曲
　　——电视连续剧《开创盛世》
　　主题曲　　　　　　　　　/122

风雨人生走一程
　　——电视连续剧《走过冬天的
　　女人》片头曲　　　　　　/123

今天是个好天气
——电影《天皇巨星》插曲
/ 124

黑色太阳镜
——电影《天皇巨星》插曲
/ 125

一无牵挂
——电影《天皇巨星》插曲
/ 126

英 雄 泪
——电视连续剧《洪秀全》
主题曲　　　　　/ 127

爱　巢
——电视连续剧《爱情帮你办》
片头曲　　　　　/ 128

送你一轮月亮
——电视连续剧《爱情帮你办》
片尾曲　　　　　/ 129

人往高处走
——电视连续剧《深圳之恋》
片头曲　　　　　/ 130

黑 咖 啡
——电视连续剧《深圳之恋》
片尾曲　　　　　/ 131

把手伸给我
——电视连续剧《家庭》片头曲
/ 132

风还在刮
——电视连续剧《家庭》片尾曲
/ 133

给我一个屋檐
——电视连续剧《家庭》插曲
/ 134

海珠恋曲
——专题片《海珠风华》主题曲
/ 135

我的声音
——电影《商界》主题曲　/ 136

无法靠岸的船
——电视剧《沧海情仇》片尾曲
/ 137

二十世纪的赶路人
——电视专题片《中国潮》
主题曲　　　　　/ 138

不老的誓言
——电视专题片《家》主题曲
/ 139

把温柔留在握别的手
——电视连续剧《国宝即将被
拍卖》片头曲　　/ 140

珠 江 颂
——广东电视台大型纪录片
《珠江》主题曲　/ 141

记得当年
　　——电影《中学时代》主题曲
　　　　　　　　　　/ 142

我的梦想
　　——中央教育电视台专题片
　　主题曲　　　　　　/ 143

第六辑　又见彩虹

又见彩虹
　　——中华人民共和国第九届全运
　　会会歌　　　　　　/ 146
跨越巅峰
　　——首届世界女子足球锦标赛
　　会歌　　　　　　　/ 147
拥抱明天　　　　　　　/ 148
为我们的今天喝彩　　　/ 149
领　跑　　　　　　　　/ 150
矫健大中华
　　——第八届全国少数民族传统
　　体育运动会会歌　　/ 151
最美的风采
　　——广州亚运会歌曲　/ 152
从此以后　　　　　　　/ 153
我　相　信　　　　　　/ 154
为明天剪彩　　　　　　/ 155
明星的独白　　　　　　/ 156
爵士鼓手　　　　　　　/ 157
幸运之星　　　　　　　/ 158

永远不变我的眷恋　　　/ 159
十九世纪　　　　　　　/ 160
黄土地上的黑眼睛　　　/ 161
老 百 姓　　　　　　　/ 162
不眠的夜　　　　　　　/ 164
相约在明天　　　　　　/ 165
护花的人　　　　　　　/ 166
花开的季节　　　　　　/ 167
和平万岁　　　　　　　/ 168
让世界更美丽
　　——南方新丝路模特大赛主题曲
　　　　　　　　　　　/ 169
让美丽地久天长
　　——第三届湛江南珠小姐竞赛
　　主题曲　　　　　　/ 170
以生命的名义
　　——广东6.26禁毒晚会主题曲
　　　　　　　　　　　/ 171
老　兵　　　　　　　　/ 172
英雄传说　　　　　　　/ 173

船　　长	/ 174	我们正年轻	
春风又度		——中国老年大学艺术团团歌	
——一带一路歌曲	/ 175		/ 176

第七辑　大哥你好吗

大哥你好吗	/ 178	离开家的日子	/ 190
疼你的人	/ 179	师恩如海	/ 191
客家阿妈	/ 180	孩子我送你上路	
离开广州的时候	/ 181	——希望工程歌曲	/ 192
父　　亲	/ 182	爷爷奶奶	/ 193
母　　亲	/ 184	远方的爹娘	/ 194
我的大叔	/ 185	纪　念　日	/ 195
弟　　弟	/ 186	爱你的人	
老　　友	/ 187	——联合国关爱艾滋儿童主题曲	
难念的经	/ 189		/ 196

第八辑　能有几次我这样的爱

能有几次我这样的爱	/ 200	蓝花伞	/ 206
用我的真情暖暖你的手	/ 201	浪漫年华	/ 207
愿你心里是一片空白	/ 202	明天的你走不走	/ 208
你的心总是最新的请柬	/ 203	午夜的时候	/ 209
思念不会有假期	/ 204	写　　你	/ 210
蜜　　月	/ 205	爱情备忘录	/ 211

恋爱岁月	/ 212	没有家的人	/ 231
午夜的期待	/ 213	明信片	/ 233
把不肯装饰的心给你	/ 214	月儿圆	/ 234
禅	/ 215	夜莺	/ 235
那天晚上	/ 216	等你千百个秋	/ 236
子夜	/ 217	车站	/ 237
最近你好不好	/ 218	沉默的眼睛	/ 239
相信你总会被我感动	/ 219	守夜人	/ 240
红月亮	/ 220	紫红色的回忆	/ 241
爱情的另一面	/ 221	和谁说珍重	/ 242
云	/ 222	雨夜花	/ 243
喜结良缘		就让我自己走	/ 244
——"世纪婚礼"主题曲	/ 223	仔细看你	/ 245
光阴	/ 224	盲夜	/ 246
想你的夜晚没有你	/ 225	所有的黑夜都让我拥有	/ 247
分手的时候留一个吻	/ 226	把我的心留在昨天	/ 248
风中的无脚鸟	/ 227	让我带走你的爱	/ 249
或许	/ 228	和自己散步	/ 250
远去的云	/ 229	今天不上班	/ 251
他年他乡他和她	/ 230	做一个好梦	/ 252

第九辑 我的吉他

我的吉他	/ 254	年轻的感觉真好	/ 257
四月,年轻的你	/ 255	这种感受你有没有	/ 258
潇洒的心	/ 256	年轻总要梦一场	/ 259

开心 party	/ 260	不　　要	/ 271
青春脚步	/ 261	黑白照片	/ 272
为我们骄傲	/ 263	假日我在路上等着你	/ 273
我不再等待	/ 264	一　起　走	
青春作伴	/ 265	——广东青年志愿者之歌	/ 274
给我一张无遮无拦的脸孔	/ 266	在　一　起	
明天的杰作	/ 267	——文艺志愿者之歌	/ 275
十六岁的年龄	/ 269		

第十辑　秋　千

秋　千	/ 278	爱唱歌的孩子	/ 294
三个和尚	/ 279	不曾遗失的童话	/ 296
马　兰　谣	/ 280	想	/ 297
老　爸	/ 281	濛濛细雨	/ 298
我不是你的宠物狗	/ 282	捉　迷　藏	/ 299
鸟　语	/ 283	碰　碰　车	/ 300
可爱的蚂蚁	/ 284	魔方世界	/ 301
守株待兔	/ 285	明天的图画	
龟兔赛跑	/ 286	——广东儿童艺术基金会会歌	
南郭先生	/ 287		/ 302
东郭先生和狼	/ 288	飞　飞　飞	/ 303
主　　角	/ 291	外　婆　桥	/ 304
牵线的木偶	/ 292	一百零八条好汉	/ 305
锦　鲤	/ 293		

第十一辑　当太阳升起的时候

当太阳升起的时候
　　——太阳神企业形象歌曲　/ 308
山高水长
　　——中山大学校友之歌　/ 309
客商之歌
　　——广东省客家商会之歌　/ 310
温州之恋
　　——温州商会会歌　/ 311
月下金凤花
　　——汕头国际大酒店形象歌曲
　　　　　　　　　　　　/ 312
千年之约
　　——澜沧古茶形象歌曲　/ 313
泰山的骄傲
　　——泰山啤酒形象歌曲　/ 314
将　进　酒
　　——剑南春酒业形象歌曲　/ 315
酒　　歌
　　——南台酒业形象歌曲　/ 316
归　　农
　　——归农集团形象歌曲　/ 317

送你一床好梦
　　——慕思品牌形象歌曲　/ 318
飞流直下三千尺
　　——三千尺矿泉水形象歌曲
　　　　　　　　　　　　/ 319
四海之内皆兄弟
　　——孔子学院之歌　/ 320
东　山　颂
　　——梅县东山中学校歌　/ 321
芳华十八
　　——桂林十八中校友之歌　/ 323
最亲的人
　　——广州长安医院形象歌曲
　　　　　　　　　　　　/ 324
永远的九寨
　　——九寨沟风景管理局形象歌曲
　　　　　　　　　　　　/ 325
心心相印
　　——广东心宝药业形象歌曲
　　　　　　　　　　　　/ 326

第十二辑　一壶好茶一壶月

一壶好茶一壶月（潮语歌曲） / 328

彩云飞（潮语歌曲） / 329

苦　恋（潮语歌曲） / 330

韩江花月夜（潮语歌曲） / 331

汕头之恋（潮语歌曲） / 332

潮汕大戏台
　　——潮剧艺术节主题曲（潮语歌曲） / 333

潮汕心（潮语歌曲） / 334

乡情是酒爱是金（客家话歌曲） / 335

翻山过海回故乡（客家话歌曲） / 336

客家颂（客家话歌曲） / 337

感恩有你（客家话歌曲） / 338

昨天明月（粤语歌曲） / 339

民以食为天
　　——百集电视系列剧《妹仔大过主人婆》主题曲（粤语歌曲） / 340

陈小奇大事记 / 341

后　记 / 367

第一辑

涛声依旧

涛声依旧

带走一盏渔火让它温暖我的双眼
留下一段真情让它停泊在枫桥边
无助的我已经疏远了那份情感
许多年以后却发觉又回到你面前

流连的钟声还在敲打我的无眠
尘封的日子始终不会是一片云烟
久违的你一定保存着那张笑脸
许多年以后能不能接受彼此的改变

月落乌啼总是千年的风霜
涛声依旧不见当初的夜晚
今天的你我怎样重复昨天的故事
这一张旧船票能否登上你的客船

白云深处

坐在路口对着夕阳西下
白云深处没有你的家
你说你喜欢这枫林景色
其实这霜叶也不是当年的二月花

半路下车只是一丝牵挂
走走停停总是过去的她
长长的石径回响你的相思
回头的时候已经是梦失天涯

等车的你走不出你收藏的那幅画
卷起那片秋色才能找到你的春和夏
等车的你为什么还参不破这一刹那
别为一首老歌把你的心唱哑

巴山夜雨

什么时候才是我的归期
反反复复的询问却无法回答你
远方是一个梦,明天是一个谜
我只知道他乡没有巴山的雨

借着烛光把你的脸捧起
隐隐约约的笑容已成千年的古迹
伤心是一壶酒,迷惘是一盘棋
我不知道今夜该不该为我哭泣

许多年修成的栈道在心中延续
许多年都把家想成一种永远的美丽
推不开的西窗,涨不满的秋池
剪不断的全是你柔情万缕

大浪淘沙

一样的月色洒满你双肩
霓虹灯下看不清你的脸
穿过了岁月织成的网
你是否愿意陪着我回到从前

海风它轻轻吹,吹过了许多年
脚下的世界早已改变
告别了昨天那搁浅的船
你是否愿意陪着我直到永远

九万里长江穿过千重山
轻舟已飞过,猿声还是那样暖
大浪里淘尽所有的往事
可是我会永远珍藏那张不老的风帆

朝云暮雨

还是昨天的水
还是当年的天
朝云暮雨美丽着你的容颜
还是照你的月
还是寻你的我
飘飘渺渺不知今夕是何年

点亮船头的灯
收起风里的帆
今夜就让我枕着潮声入眠
思念它不会老
风景它总会变
似水柔情如何接受这沧海桑田

你是巫峡牵不住的云烟
把我守候成十二座痴心的山
你是长江钓不完的碧雪
只让我在蓑衣里编织着从前

敦 煌 梦

秦时月，汉时关
驼铃声摇醒古敦煌
祁连雪，玉门霜
梦里的飞天在何方

千年的风沙已把岁月埋葬
千年的琵琶声声悲凉
千年的丝绸已经飘进月亮
千年的飞翔也迷茫

敦煌梦，梦敦煌
千年的相思在梦乡
敦煌梦，梦敦煌
这一曲阳关已断肠

秦时月，汉时关
驼铃声摇醒古敦煌
祁连雪，玉门霜
梦里的飞天在何方

千年的路程山高水长
千年的爱情地老天荒
千年的黄河潮落潮涨
千年的古钟夜夜敲响

敦煌梦,梦敦煌
千年的相思在梦乡
敦煌梦,梦敦煌
我魂绕阳关轻轻唱

梦 江 南

草青青
水蓝蓝
白云深处是故乡
故乡在江南

雨茫茫
桥弯弯
白帆片片是梦乡
梦乡在江南

不知今宵是何时的云烟
也不知今夕是何夕的睡莲
只愿能化作唐宋诗篇
长眠在你身边

湘　灵

是什么时候的秋风
吹来潇湘古老的梦
是什么时候的琴瑟
还在等待涉江的芙蓉

月迷朦，云迷朦
一别已千年不见你影踪
山沉重，水沉重
黄叶飘不走相思情浓

来匆匆，去匆匆
幽兰香草难重逢
心相同，意相通
洞庭斑竹泪汹涌

是什么时候的兰舟
撩动楚骚美丽的吟咏
是什么时候的恋歌
还在回忆汨罗的情衷

月迷朦，云迷朦
寻找了千年不见你音容
山沉重，水沉重
招魂的诗篇总是化了落红

来匆匆,去匆匆
幽兰香草难重逢
心相同,意相通
洞庭斑竹泪汹涌

问遍了茫茫苍空
走遍了南北西东
数不清几度夕阳红
这江山至今还在呼唤着遥远的爱
在烟雨中……

灞 桥 柳

灞桥柳，灞桥柳
拂不去烟尘系不住愁
我人在阳春
心在那深秋
你可知无奈的风霜
它怎样在我脸上流

灞桥柳，灞桥柳
遮得住泪眼牵不住手
我人在梦中
心在那别后
你可知古老的秦腔
它并非只是一杯酒

桃 花 源

许多年前的一个梦
带我来寻桃花源
你说你是前世的花
为我开放到今天

许多年前的一个约
带我走进桃花源
你说你是痴心的等
相逢只为一段缘

心中的桃花源
红尘里看不见
你为我留下的那只船
能否让我回到从前

心中的桃花源
红尘里看不见
你为我留下的那支歌
我会把它唱到永远

如梦令

曾经用水墨丹青卷起了你
只为凝视你的美丽
取月色几缕,染得荷韵如许
谁能够留住你的山青水绿

曾经用白墙黛瓦藏起了你
只为独享你的春意
有诗香盈手,醉里浅斟低唱
有谁能看透你的一帘烟雨

千年的相约,默契的相遇
不变的你依然温婉如玉
你在我心中,我在你怀里
这一刻的江南,已是我永远的追忆

紫　　砂

红木的茶几雕满繁华
把你等成一壶陈年的茶
曾经是柔情似水花前月下
而今只能守着春秋数着冬夏

紫色的初恋纯净无瑕
谁能为我解开此中牵挂
千百次以心温润用爱呵护
只为与你洗尽红尘品味年华

相思已烫热，琴声已喑哑
紫衣飘飘梦失天涯
精致的美丽，易碎的优雅
经得起几番冲刷

两个人的记忆，一个人把玩
今夜的紫砂壶里流着泪
那是我独自说的话……

忆江南

有几回在风里摇着船
摇到我日思夜想的江南
有几回在雨里採着莲
採到生我养我的运河边

尘封的心常为你流泪
那一盏渔火已点了多少年
三月的乡愁是美丽的丝竹
这一曲相思已唱了多少遍

游子的情，故园的爱
壶中的月，沧桑的脸
梦中江水绿如蓝
能不忆江南

七月七

我看不清离得很远的你
只能在风中去感受你的呼吸
这段情缘人人都说浪漫美丽
谁能知道等待是一本最苦的日历

年复一年望断春去冬来
月圆的时候总不见你的踪迹
这种思念只能深深埋在心底
天上人间的爱情从来是这样断断续续

七月七，难舍难弃的七月七，
搭座鹊桥为何需要一年的工期
七月七，无穷无尽的七月七
谁能听懂织女星隐约的叹息

七 夕

在遥远的过去有一个七夕
有一对牛郎织女
就在那迷茫的夜里，牛郎的竹笛
吹老了多少叹息

这七夕、这七夕，多少个世纪
你的神话依然美丽
这七夕、这七夕，多少次相遇
多少次相逢依然是别离

我寂寞的心里也有个七夕
也有个可爱的你
就在那迷茫的夜里，牛郎的竹笛
吹走了我的梦呓

这七夕、这七夕，多少个世纪
你的悲剧还在持续
这七夕、这七夕，多少次哭泣
才遇到幸福却又要失去

七夕里等着你、我等着你
用星星编个情网等待着你
我等着你、我等着你
哪怕这等待就是爱的结局

七夕里等着你，我等着你
天上和人间都在呼唤着你
我等着你，我等着你
等你在七夕，我的梦里

断　桥

西湖上，断桥头

那悲伤的传说依然和你风雨同舟

金山寺里，雷锋塔头

那青衣，那素袖

总是挥也挥不完这忧愁

挥不完你的忧愁

情幽幽，折不完那相思柳

意幽幽，望不断那水长流

这千百年的血泪

千百年的冤仇

化作南屏晚钟

声声敲击在心头

多少岁月，多少春秋

那罪恶的金钵罩不住这爱情天长地久

明月还在，荷花依旧

那期待、那寻求

凝成一杯纯真的酒

流淌在你的眼眸

情幽幽，折不完那相思柳

意幽幽，望不断那水长流

这千百年的恩爱

千百年的温柔

化作南屏晚钟

日夜敲击在心头

日夜敲击在我的心头

圆 明 园

百年春秋，废墟野草，长恨悠悠

百年血泪，哭遍神州

把一段历史遗弃荒丘

一把火烧尽霓裳的醉袖

海上的锈锁，锁不住忧愁

锁不住故国深秋

百年恩仇，停步凝眸，黄土一抔

百年思索，蓦然回首

把一支悲歌留在咽喉

一把火点燃巨龙的怒吼

残存的柱石，支撑起血肉

支撑起不屈的头

千山万壑阻挡不住黄河滚滚流

烈火热血铸造一个长城在胸口

东方的民族已举起手

东方的民族已昂起头

管它有多少风雨有多少野兽

前赴后继去战斗

九 龙 壁

究竟从什么时候开始
荒凉的天空有了这腾飞的龙
又是从什么时候开始
沉寂的土地有了这凝固的龙
燃烧的想象，飘扬的梦
巨龙冲破了云雾重重
疲倦的岁月，艰难的路
巨龙喘息在墙壁之中

究竟从什么时候开始
热情的天空消失了龙的影踪
又是从什么时候开始
解冻的土地又拥有龙的笑容
祖先的想象，祖先的梦
不是为了收获沉重
悲壮的岁月，悲壮的路
不是为了铸造牢笼

望断寒冬，喊破喉咙
炎黄子孙在呼唤你重振雄风
冰消雪溶，风起云涌
中华民族期待着你破壁腾空

龙的命运

都说是有了龙我们才有福气
都说是有了龙我们才有吉利
都说是有了龙我们都很光荣
都说是有了龙我们才会神气

都说是有了龙我们才有身躯
都说是有了龙我们才有魅力
都说是有了龙才有这份家业
都说是有了龙才有这点根基

都说是有了龙我们才不会绝迹
先民们便纹起龙身打起龙旗
都说是有了龙就能够顶天立地
阿Q们便穿起龙袍坐上龙椅

都说是有了龙就能够天下无敌
就有了许多龙的神话、龙的传奇
都说是有了龙就可以无祸无疾
就有了许多龙的香火龙的庙宇

祖先们喜欢谈龙的庄严龙的神秘
孩子们爱想象龙的滑稽、龙的调皮
有一天历史课老师揭开龙的谜底
才知道龙原来是条蛇土里土气

从此后不再崇拜龙的伟大
从此后不再迷信龙的威力
从此后我们懂得龙的命运
不在天、不在地，就在我们手里

高山流水

举首望孤星
低头抚古琴
高山流水吟不尽
空谷觅知音

秋风秋水此登临
秋月秋霜一寸心
世间自有真情在
除却巫山不是云

为有知己万里行
山水苍茫洗胸襟
一曲情思随风去
归来化作断弦琴

千百个梦里全是你

潮落潮涨陪伴着你
走过许多年的汉风唐雨
黄河上那个拉纤的汉子呀
把岁月拉得扬眉吐气

花谢花开陪伴着你
醉了许多年的花月佳期
运河边那个採莲的女子呀
把爱情唱得山青水绿

千百个梦里全是你
弹不完的箜篌，吹不完的羌笛
千百个梦里全是你
中国啊　我是你永远的相思曲

飞雪迎春

飘飘飞雪迎春到
银装素裹花正俏
踏雪寻梅的人儿啊
赶春须趁早

飘飘飞雪迎春到
天地人和乐逍遥
踏歌起舞的祖国啊
处处春意闹

啊　岁岁年年的祈祷
只为这一刻的拥抱
当雪花飘飘如约相邀
就让这片春色在我所有梦里萦绕

空　谷

秋风不知道已经多少次

穿过你的黑发

秋雨不知道已经多少次

打湿你的脸颊

默默无语，等待那一抹茫茫的流霞

等待那不会有结局的风吹雨打

啊，你是千年说不出的话

在这空谷、在这空谷

等待那寂静的回答

秋霜不知道已经多少次

覆盖你的潇洒

秋月不知道已经多少次

冷却你的牵挂

默默伫立，抚摸那一朵血色的野花

抚摸那不曾开放的豆蔻年华

啊，你是千年说不尽的话

在这空谷、在这空谷

抚摸那风干的回答

清风竹影

春风化雨润石阶
劲竹新篁手相携
只向苍天寄心语
未出土时已有节

傲雪凌霜根本固
身直心静性贞洁
不向红尘索一物
遍地绿荫韵清绝

清风竹影,与你相约
四季长青不凋谢
清风竹影,不问横斜
人间正气自书写

春暖花开

开春的日子你走过来
带着一份温暖、一份期待
千江春水牵着我的手
你说你要陪我去看海

花开的季节你走过来
带着一份美丽、一份情怀
无边春色唱着一首歌
你说你要给我一生的爱

春暖花开,千金难买
这一种幸福好自在
两个人的梦都放在行囊里
我们相约去找未来

这一轮月亮叫中华

月亮高高在天上挂
月光下五湖四海是一家
这一个团圆的佳节
在一起说说家常话

月亮高高在天上挂
月光下五湖四海是一家
这一个宁静的夜晚
在一起喝喝中国茶

你的故乡也有月亮把你牵挂
你的月亮总是伴你走遍天涯
中秋的梦里都是亲人的爱
这一轮月亮叫中华

第二辑

九九女儿红

九九女儿红

摇起了乌蓬船，顺水又顺风
你十八岁的脸上像映日荷花别样红
穿过了青石巷，点起了红灯笼
你十八年的等待是纯真的笑容

斟满了女儿红，情总是那样浓
十八里的长亭，再不必长相送
掀起你的红盖头，看满堂烛影摇红
十八年的相思，尽在不言中

九九女儿红，埋藏了十八个冬
九九女儿红，酿一个十八年的梦
九九女儿红，洒向那南北西东
九九女儿红，永远醉在我心中

山 沟 沟

山上的花儿不再开
山下的水儿不再流
看一看灰色的天空
那蔚蓝能否挽留

天上的云儿不再飘
地下的牛儿不回头
甩一甩手中的长鞭
那故事是否依旧

走过了山沟沟
别说你心里太难受
我为你唱首歌
唱得白云悠悠

走过了山沟沟
大风它总是吹不够
我为你唱首歌
唱得大河奔流

问夕阳

问夕阳,这陌生的脸
能否走进熟悉的家园
问夕阳,这深秋的眼
可还流得出当年的採莲船

寻寻觅觅,岁岁年年
疲倦的心已听不懂那渔歌唱晚
思念是夕阳下一壶举不起的酒
一片带不走的云烟

故园家山

清明的雨啊连着天
路上的行人望不到边
红尘滚滚的回乡路啊
人们走了一年又一年

清明的雨啊连着天
看一看亲人想想祖先
绿草萋萋的思乡曲呀
轻轻唱了一遍又一遍

那是我的故园我的家山
为何只在清明才来到眼前
是不是只有这样的日子
才能和故乡把手牵

那是我的故园我的家山
为何只在清明才走进心间
是不是只有这样的方式
才能让我们记住昨天

乡　思

一砚宿墨，凝在笔端
为你，我画满了宣纸千卷
离家的游子在梦里徘徊流连
怕的是丹青太久褪了容颜

一把古琴，留住华年
为你，我把乡思抚了千遍
归乡的脚步把小巷轻轻敲响
怕的是用力太重伤了琴弦

故乡啊　你总是写不完的思念
故乡啊　你总是吟不尽的诗篇
故乡啊　你是一坛陈年老酒酿在心底
故乡啊　你是一壶飘香新茶醉了人间
我把乡愁托付给一天明月
只为记住你越来越美的沧海桑田

故乡你老了吗

多少次回首故园家山
记忆已在岁月中渐渐风干
故乡的月色照不亮城里的灯火
是什么模糊了你过去的容颜

多少次想在梦里相见
手心却已握不住那缕云烟
古老的乡音唱不出城里的歌谣
是什么让你我变得如此遥远

故乡你老了吗？老得只剩下一种挂牵
可我依然爱着你那曾经的绿水青山
故乡你老了吗？老得已成为一种纪念
可我还是会把乡愁深藏在心间

小　溪

不要这样讲
小溪已载走童年的美好时光
不要这样讲
牛背上的牧笛已不再吹响
弯下腰去轻轻地捧起一缕故乡的夕阳
我要寻找童年的歌声、童年的鸟语花香

再见吧故乡，小溪在心里流淌

不要这样讲
记忆的小船已不再乘风破浪
不要这样讲
漂泊的游子已迷失了方向
抬起头来深情地看着孩子的眼睛孩子的脸
我把小溪珍藏在心里，伴我走遍四方

再见吧故乡，小溪在心里流淌

外乡人

不知道忧愁，不知道泪痕
只知道流浪风尘
不知道苦和酸，不知道爱和恨
只知道他乡美丽温存

走过了多少路，流浪了多少年
才知道故乡是一颗心
心里有你，心里有我
心里装满漂泊的外乡人

梦中的蓝天白云
梦中的夕阳黄昏
梦中的流萤，梦中的笛声
梦不完的故乡魂

乡愁是风，乡愁是雨
乡愁是我颤抖的嘴唇
乡愁是你，乡愁是我
乡愁就是苦恋的外乡人

故乡恋情

乡情常在朦胧月色里
乡音常在微微晚风里
千般思恋万缕爱
故乡在哪里

霞光里唱着歌谣过小溪
夕阳里骑在牛背吹竹笛
青山绿水父母情
故乡多甜蜜

故乡、故乡
我为你梦中呼喊千百回
故乡、故乡
我为你望穿秋水长相忆
啊,何日是归期

乡情常在朦胧月色里
乡音常在微微晚风里
千般思恋万缕爱
故乡在我心里

鹧鸪声声

孤独的心情还在久久萦回
城市的月色一样冰凉如水
高楼的笛声吹老多少梦寐
一片乡思一片乡愁一片热泪

你说有些疲惫
一把吉他弹不尽风雨如晦
你说有些憔悴
市井繁华究竟它属于谁

远望故乡青翠山和水
鹧鸪声声叫得心碎
在这灯红酒绿的大街
没有故乡夕阳与你相随

昨天的记忆还在久久萦回
故乡的月色应是柔情如水
老家中的她是否举着酒杯
一片乡思一片乡愁一片热泪

你说有些疲惫
蓦然回首失去的也许更可贵
你说有些憔悴
还有一片青天在等你飞

远望故乡青翠山和水

鹧鸪声声叫得心碎

在这灯红酒绿的大街

没有故乡夕阳与你相随

家

风吹过雨打过的年华
流着泪走天涯
走遍天涯忘不了
风吹雨打的家

水浸过火烧过的伤疤
流着泪走天涯
走遍天涯忘不了
水浸火烧的家

这生我养我的家
教我离家的步伐
这生我养我的家
又让我学会牵挂

这生我养我的家
有我生命的密码
这生我养我的家
是我真实的梦话

想家的人

我的家是一只无人的船
停泊在烟雨迷蒙的杨柳岸
我的家是一株相思的莲
等待在红尘滚滚的池塘边

我的家是一颗不倦的心
你让我入梦却不让我入眠
我的家是一脸痴心的泪
你让我回头却不让我看见

家呀家,别离我太遥远
这一封家书还要写多少年
家呀家,别让我太挂牵
这一轮月亮还要我醉多少遍

秋　归

望不断丹枫，数不尽丹枫
今日里又是夕阳红
挽不住秋风，挥不去秋风
何处寻觅你影踪
长空中雁飞过，山泉里水淙淙
莫非你为了那漫长的岁月
躲在那秋色中

折不断梧桐，拨不开梧桐
今夜里又是月朦胧
听不完秋虫，吟不尽秋虫
何处寻觅你影踪
当年的情也浓，当年的意也浓
莫非你为了那漫长的岁月
等待在我梦中

青纱帐

摸不到太阳,搂不住月亮
这铺天盖地的青纱帐
遮住的都是目光
脚下的汗水在流呀,流得黄又黄
头上的风沙在刮呀,刮得长又长
孤独的青纱帐,是谁在大声地唱
说不完讲不尽的故事
是谁留下的梦想

一样的忧伤,一样的热肠
这顶天立地的青纱帐
挺起的都是脊梁
男人们还是那样壮呀,扛得起山岗
女人们还是那样好呀,没有人去逃荒
莽莽的青纱帐,我为你大声地唱
说不出讲不清的情感
是我带走的梦想

山　歌

走过了山头走山沟
看够了月亮看日头
东边晴来西边雨
不知是阳春还是秋

走过了山谷走山丘
石头不烂水长流
山歌如火出胸口
管它是欢喜还是愁

唱山歌，歌悠悠
悠悠的岁月不回头
不回头，顶风走
走得大河水倒流

花　　魂

山里头又见那野花儿开
野花儿开了几千载
没人问他从哪里来
花儿的名字谁也不明白

山里的野花，不怕你永远不明白
不明白花儿也一样开
风吹雨打霜雪盖
花枝儿依然把头抬

山里头又见那野花儿开
野花儿开了几千载
没人问他是为谁开
花儿的相思谁也不理睬

山里的野花，不怕你永远不理睬
不理睬花儿也一样开
都说落红会化尘埃
你可知花魂开不败

秋天印象

你是秋蝉
你是诗篇
你是春天许下的心愿
你是风筝
你是涨满的帆
你是夏天兑现的诺言

夕阳里的思念
月光下的梦幻
你是记忆中一片金黄的眷恋
淋不湿的笑颜
吹不走的浪漫
你是爱情成熟的宣言

风雨匆匆

深秋的无情风摇尽满地落红
阳春的多情雨馈赠一天葱茏
风匆匆,雨也匆匆
吹得聚散情浓
那行旅的路人
已经是第几次飘蓬
手中的那一把风雨伞
撑起了多少的酷暑多少的寒冬

深秋的无情风摇尽满地落红
阳春的多情雨馈赠一天葱茏
风匆匆,雨也匆匆
吹得聚散情浓
那远望的双眼
已经是第几次入梦
门前的那一条风雨路
拉弯了多少的思念多少的笑容

渔 歌

蓝蓝的水,蓝蓝的天
烟波里撒下那打渔的网
日出日落,寒来暑往
妹妹是你心中温柔的岸

茫茫的水,茫茫的天
风浪里撒下那打渔的网
潮涨潮落,星移斗换
哥哥你呀坐稳打渔的船

打渔的哥哥

年年有撒不完的网

海边的妹妹

把渔网织到永远

打渔的哥哥

年年都摇着你的船

海边的妹妹

把渔歌唱到永远

嘿啰……

大锣鼓

台上的大锣鼓不知敲了多少代
乡下人总是天天在等待
古老的大锣鼓敲得越来越精彩
城里人不知能否听明白

白鼻子的小丑样子很古怪呀
乡下人看了笑得东倒西歪
红衣裳的花旦唱得很可爱呀
城里人听了也许很悲哀

大锣鼓敲起来总有好戏出台
乡下人爱看过去的年代
大锣鼓敲起来总是有人喝彩
城里人只为新鲜把手拍

不断气的唢呐吹得很气派呀
乡下人不太喜欢新曲牌
大团圆的结局总是很痛快呀
城里人只是喜欢开场白

紫红色的大幕拉紧又拉开
走江湖的戏班出去又回来
兴高采烈的锣鼓声震九天外
城里人常常说是难忍耐

台上的大锣鼓已经敲了很多代
乡下人依然天天在等待
古老的大锣鼓敲得越来越精彩
城里人可否能够听明白

明月生上海

海上生明月

明月生上海

月光下看看你的容颜

看不尽你的风华绝代

海上生明月

明月生上海

月光下听听你的声音

听不够你的青春情怀

牵着你的手,牵着你的梦

你是一种美丽的相思伴我千百载

牵着你的心,牵着你的笑

你是一首永远的新歌我的大上海

海上生明月

明月生上海

月光下走进你的岁月

带着我的期待我的爱

珠 江 月

不知道已清洗过多少回忆
不知道已望穿了多少秋意
今夜让我们去寻找
寻找椰树的风、芭蕉的雨
寻找那小船
戴上思念的竹笠

故乡的情,故乡的意
唱成一首歌
吹作雨中的竹笛
醉倒了远隔天涯的我和你

静静地聆听夜晚的呼吸
默默地把爱的月光相许
月下有我,月下有你
还有珠江中温柔的涟漪
在梦里……

南方的女人

柔柔的风,悠悠的水
三月里的细雨下得人心醉
南方的女人是一阵雨里的风
南方的女人是一汪三月的水

悄悄的话,幽幽的泪
透明的月色下不曾后悔
南方的女人是一句月下的话
南方的女人是一滴透明的泪

斩不断的是相思
锁不住的是双眉
南方的女人都是一个梦
一个永远的梦
在男人心内久久萦回……

船　　夫

风悠悠，雨悠悠
摇晃的岁月水上流
黄河弯，九十九
紧握在你刻满皱纹的手

爱悠悠，恨悠悠
全交给那顺流逆流
船已破，帆已旧
只有不老的阳光在肩头

你也有许多梦
你也有许多愁
你也有许多无人知道的寂寞与烦忧
只要有烈性酒
只要有旱烟斗
这不沉的船歌就燃烧在你粗犷的胸口

就算是重重险滩
就算是巨浪怒吼
你的心永远都不会停留

你不会逆来顺受
你不会恐惧颤抖
那船桅就是你不屈的头

纤　夫

脚上是泥，身上是汗
脸对黄土背朝天
前面是河，后面是滩
春去秋来一年又一年

山也高，水也长
白云黑雾数不完
酷日不落，明月不圆
号子声声一遍又一遍

祖先踩出的路
祖先遗留的纤
世世代代留下的爱
穿破风雨伸延到天边

拧不干的衣衫
走不烂的脚板
拉不断的梦想
沉甸甸绷紧在双肩

有歌你大声唱
有泪你不轻弹
顶天立地
才算得上黄河的男子汉

不垮的是你的脊梁

不枯的是你的心田

万古长存

是你魂魄中不倦的叫喊

山高水深

山高水深你自己走
累死也不回头
风吹雨打你大步走
再苦也不低头

闯关东，走西口
满身汗水一双手
弯曲坎坷都是愁
明知难走你也要走

山高水深你自己走
累死也不回头
风吹雨打你大步走
再苦也不低头

高声喊，低声吼
有泪只往肚里流
脑袋系在裤带上呀
明知难走你偏要走

山 妹 子

说不清走过多少坑坑洼洼
路尽头是你心中温暖的家
默默地尝尽许多酸甜苦辣
你可以流泪但是不会倒下

说不清有过多少嬉笑怒骂
一挥手脸上总是豆蔻年华
没有什么能挡住你真心的爱
你可以沉默可是不会虚假

山妹子呀山妹子
穷山恶水中一样生根开花
你是山花面对着风吹雨打

山妹子呀山妹子
山穷水尽时一样无牵无挂
你是山歌唱遍那春秋冬夏

家 乡

家乡的山水我已看不见
家乡的月亮还是那样圆
家乡有许多憨憨厚厚的老树
家乡的岁月教会我思念

家乡的故事听了千百遍
家乡的乡音总是那样暖
家乡有许多纯纯朴朴的乡亲
家乡的归途越来越遥远

亲人告诉我,家乡天天在改变
再不是那一张褪了色的老照片
亲人告诉我,家乡把游子常挂念
在外的人儿啊都是家乡的好名片

我的北京

我用眼睛触摸着你,我的北京
穿过历史烟云,你依然如此平静
一种浩浩荡荡的雍容气度
吸引着我一生一世为你而行

我在梦里拥抱着你,我的北京
阅尽沧海桑田,你还是这样年轻
一种春风化雨的亲切召唤
刷新着我睁开眼的每个黎明

我想着你、我念着你,我的北京
我爱着你、我亲着你,我的北京

你是一支荡气回肠的世纪恋曲
给了我永远不变的相思和憧憬
你是一幅家国春秋的壮丽长卷
给了我从不褪色的生命与真情
我的北京、我的北京……

苍穹之下

苍穹之下,雾霾风沙
咫尺天涯你看得清我吗
牵着手感受着彼此的存在
谁把这白昼变成夜的牵挂

苍穹之下,污染的花
都在沉默你为何不说话
用口罩阻隔着自由的呼吸
谁把这心情变得如此邋遢

我不想让未来变得这样虚假
我不想让幸福变得那样浮夸
我不想让孩子躲在窗户里张望
我只想要一个握得住的梦
一个看得清的家

老　屋

来来往往的人群中
曾经有过我的老屋
那些青梅竹马的故事
如今有谁为我讲述

灯红酒绿的街道上
曾经有过我的老屋
那些楚河汉界的回忆
已飘散在笙歌深处

我找找找找不到
找不到我的老屋
这个地方越来越美丽
我却苦苦恋着那条扶我醉归的路

我找找找找不到
找不到我的老屋
那片风景越来越遥远
我却依然夜夜入梦，长歌当哭

沧海桑田

我的心是一只渡海的船
满载着天荒地老的期盼
只是为什么一次次的出航
总是找不到停泊的港湾

我的心是一片升起的帆
守候着长风万里的晴天
只是为什么一次次的等待
放飞的梦想总是无法靠岸

别后的岁月不算太远
相聚的诺言不是云烟
那些春去秋来的潮汐
怎样滋润你我青春的容颜

相隔的大海不算太宽
脚下的波涛不是天堑
今夜柔情似水的月色
请你告诉我沧海总会变成桑田

第三辑

烟花三月

烟花三月

——扬州市形象歌曲

牵住你的手,相别在黄鹤楼
波涛万里长江水,送你下扬州

真情伴你走,春色为你留
二十四桥明月夜,牵挂在扬州

扬州城有没有我这样的好朋友
扬州城有没有人为你分担忧和愁
扬州城有没有我这样的知心人
扬州城有没有人和你风雨同舟

烟花三月是折不断的柳
梦里江南是喝不完的酒
等到那孤帆远影碧空尽
才知道思念总比那西湖瘦

月下故人来

——扬州城庆歌曲

一轮明月,迎我千里之外
青山隐隐水迢迢,又见琼花白
灯火扬州路,满城春似海
你一帘相思把柳色绣成了期待

一江春水,为我洗净尘埃
岁岁年年花月夜,轻舟依然在
江月犹照人,真心终不改
你一腔柔情把西湖恋成了衣带

你是三分明月夜的那二分无赖
牵动着我梦里的一次次花开
箫声中优雅的你,那些韵、那些爱
月下江南总在等着故人来

这里情最多

——岳阳市形象歌曲

你说你是洞庭湖悠悠的月色
守护着云梦之间美丽的传说
随两行秋雁,我追逐着你的爱
风中是否还听得见湘灵的琴与瑟

你说你是汨罗江袅袅的清波
传递着天地之间漫漫的求索
驾一叶扁舟,我寻找着你的岸
只为今生能亲一亲端午的韵和墨

登上岳阳楼,极目楚天阔
我会记住你心中的忧和乐
斟两杯渔歌邀你相对饮呀
走遍天下,这里情最多

故乡最吉祥
——泰州市形象歌曲

梅花红似火,仿佛往日的女儿妆
竹影摇呀摇,拂过了几度板桥霜
一别多少年,青砖黛瓦翘首望
水乡数百里,又见遍地菜花黄

稻河寻故人,是谁在月下轻轻唱
柳絮飘呀飘,风中依稀把评书讲
怯怯的步履,唯恐惊醒了麻石巷
熟悉的乡音,犹在耳边说沧桑

我是那只归巢的鸟儿,流连在银杏树旁
我是那只远行的船儿,带着你的菱藕香
游子近乡情已醉,心中的故乡最吉祥
梦里喊你千百遍,只为乡思如水万里长

听 涛
——湛江市特呈岛形象歌曲

守护着红土地上的小岛
只为了把一份爱寻找
那天边久久回荡的涛声啊
千百次牵动着我的心跳

喊醒了红树林中的小鸟
只为了让一个梦起锚
这海上生生不息的涛声啊
千百次温暖着我的怀抱

啊，风起帆扬，霞飞云飘
你是渔家人真切的依靠
聆听着你蔚蓝的嘱托
锦绣家园，已是满目春潮

啊，椰香水甜，花红叶茂
你是采海人真实的欢笑
珍藏起你深深的祝福
一曲渔歌唱得海阔天高

妃子笑

——茂名市荔枝节主题曲

是你那美丽的微笑
让一个故事天荒地老
穿越过岁月的红尘古道
当年的长安至今还魂牵梦绕

是你那甜蜜的浅笑
让一段相思暮暮朝朝
呵护着这一曲爱的歌谣
今天的岭南依然是处处春早

妃子笑，情未了
一起来感受这千年的心跳
妃子笑，情难了
一起来拥抱这醉人的万里香飘

两千年的请柬
——揭阳旅游主题曲

久久的期待只为了这一天
为你的到来我等了许多年
这一份真情愿你能够收下
岐山榕水碧海蓝天是我青春的容颜

长长的守候只为了这一天
古老的歌谣已唱了千百遍
这一杯热茶愿你把心留下
秦风汉月蔗林蕉园伴你在梦中入眠

这是一张写了两千年的请柬
让我和你一起阅尽沧海桑田
这是一张走向两千年的请柬
让我牵着你的手相约在明天

五指石恋曲
——平远县五指石景区形象歌曲

你用石板铺成的路

带我走进绿荫深处

石缝里悠悠长长的记忆啊

多少次把乡音守护

你用古藤缠绕的树

让我从此不再孤独

石洞里深深切切的思念啊

全交给这朝朝暮暮

那些古老美丽的石头里

至今还回响着仙人的祝福

那条穿透石壁的清泉里

依然还流淌着当年的感悟

面对天空把五指伸出

这份爱让我紧紧握住

在心中曾留下风景无数

只有你是我读不完的情书

南 台 缘

——平远县南台山旅游形象歌曲

前生应该和你有过一段缘
晨钟暮鼓依稀敲了千百年
清风中你静静卧在天地间
心静如水,你我相看两不厌

今生注定和你会有一段缘
白云深处叩访了你千百遍
夕阳下你静静留下一个梦
鸟静山幽,你我相对两忘言

我是不是你脚下的那朵莲
等待着你含笑拈花的指尖
你是不是我许下的那个愿
飘飘渺渺总萦绕在我心间

梅沙踏浪
——深圳市旅游歌曲

只是一次无意的相会

就有了许多的牵挂

是不是一种前生的约定

让我踏浪而来，为你把心留下

只是一次随意的涨潮

就有了许多的情话

是不是月牙般温柔的海滩

让我随波而去，洗却了尘世繁华

我是一条流连忘返的鱼呀

天天拥抱着你暖暖的雪浪花

我是一只去了又回的鸟呀

总是飞不出你的春秋冬夏

枕着你千年如梦的阳光

不知道是天涯还是家

是不是所有的相思和眷恋

都只因为你是蓝蓝的梅沙

永远的眷恋
——阳江市形象歌曲

你是我心中一幅没有尽头的画卷
亚热带的阳光描绘出你美丽的容颜
你是我心中一本没有结尾的游记
阅读了千百遍依然走不出你的碧水青山

你是我心中一串展翅高飞的风筝
南中国的海风托举着你绚丽的明天
你是我心中一块纤尘不染的翡翠
珍藏了千百年仍然保存着你纯真的笑脸

啊阳江,我魂绕梦萦的挂牵
每个夜晚都有你的渔火伴我入眠
啊阳江,我朝思暮想的家园
每寸热土都是我永远的眷恋

闲敲棋子入花溪
——贵阳市花溪棋亭遗址之歌

胸中百万兵
坐拥天和地
人生多少风和雨
都付一盘棋

得失寻常事
进退总相宜
纹枰纵有千百劫
谈笑觅真趣

步步争先的沙场路
后发制人的英雄气
龙吟虎啸红尘里
闲敲棋子入花溪

醉你在云里头
——六盘水市旅游歌曲

凉凉爽爽的山哟你跟着风儿走
凉凉爽爽的水哟让岁月慢慢流
凉凉爽爽的城哟你放下了忧和愁
凉凉爽爽的梦哟让心儿去守候

天凉好个秋,阳光也温柔
凉凉爽爽的歌声哟日夜听不够
天凉好个秋,谁牵着你的手
凉凉爽爽的美酒哟醉你在云里头

击水中流
——贵州赤水独竹舟之歌

为了阿妹幽幽的眼眸
风口浪尖上有了这独竹舟
放排的阿哥哟
只是一根相依为命的竹子啊
又能载得动你多少愁

为了放飞胸中的梦想
激流险滩中闯出了独竹舟
放排的阿哥哟
只凭一根纵横江湖的竹子啊
你走出大山,击水中流

我的好阿哥,我的独竹舟
颠簸漂泊的春与秋,都握在你的手
我的好阿哥,我的独竹舟
绿水青山的好风景,都流淌在你心头

我是你路口迎客的松
——黄山旅游歌曲

七十二座山峰
阅尽人间葱茏
苍苍茫茫的黄山云海啊
已是几回带我入梦

百里奇石异松
托起正气如虹
浩浩荡荡的黄山胜景啊
怎样才能日夜与你相拥

多少次拍遍栏杆唱尽大风
只为了你的风采你的笑容
如果说可将毕生酬付知己
我愿是你路口那棵迎客的松

春泉水暖
——阳春市旅游歌曲

高高的青山绿绿的水
百花丛中蝴蝶飞
蓝天白云拥入怀
红尘洗尽不疲惫

一道道清泉一池池水
飞金溅银歌声脆
曲径回廊随风走
青春作伴不想归

春泉水暖引人醉
柔情万种入心扉
此中真趣谁能悟
天南地北带梦回

一城阳光
——阳江市江城区形象歌曲

漠阳江上逆水赛龙舟
鸳鸯湖畔清风好温柔
金色的海岸线龙腾鱼跃
挺立的北塔把未来守候

丹青朱墨酿出花和酒
一刀一剪裁出春锦绣
漆器上凝聚着真情厚爱
千万个风筝飞向五大洲

来吧来吧来吧伸出双手
来吧来吧来吧新老朋友
一城阳光，遍地风流
江城的歌声天长地久

天风海韵
——虎门镇旅游歌曲

许多年一样的天,见证着星移斗换
浓浓淡淡的云烟,遮不住岁月的改变
许多年一样的风,吹拂过铁索雄关
来来去去的季候鸟,传递着春天的请柬

许多年一样的海,记载着爱的眷恋
浩浩荡荡的潮汐,淘洗着光阴的容颜
许多年一样的歌,谱写着新的诗篇
悠悠扬扬的韵律,是我们锦绣的家园

天风海韵,把欢笑洒满人间
一条美丽的大道,织出了壮阔的画卷
天风海韵,伴我们走向明天
扬起了出海的风帆,让幸福代代相传

广州在等你
——广州市文旅形象歌曲

是一份怎样的请柬
牵动着珠江的波涛万里
游轮上的月色连着你的家乡
陌生霓虹很快会变得熟悉
和你去看看潮汐
小蛮腰总是娇俏如你
这里的梦想都能生长
过去和未来都一样美丽

是一种怎样的心情
让阳光灿烂得潇洒随意
打开的趟栊门说着许多故事
那些缘分总会有机会相遇
和你去叹叹早茶
永庆坊依然温暖如昔
这里的情感都有结果
脚下和远方会写满传奇

广州天天在等你
等着那些春的消息
穿过千年的芭蕉夜雨
我会听见你带笑的步履

广州天天在等你
等着那些爱的花期
花开的日子有你有我
一城岁月,相守相依

第四辑

高原红

高原红

许多的欢乐,留在你的帐篷
初恋的琴声,撩动几次雪崩
少年的我,为何不懂心痛
蓦然回首,已是光阴如风

离乡的行囊,总是越来越重
滚滚的红尘,难掩你的笑容
青藏的阳光,日夜与我相拥
茫茫的雪域,何处寻觅你的影踪

高原红,美丽的高原红
煮了又煮的酥油茶
还是当年那样浓
高原红,梦里的高原红
酿了又酿的青稞酒
让我醉在不眠中

七月火把节

又是一个把你双眼点燃的七月
又是一个把你心灵点燃的七月
骑上你的骏马穿上美丽的衣裳
小伙姑娘一起走进爱的火把节

又是一个把你青春点燃的七月
又是一个把你梦想点燃的七月
跳起你的舞蹈奏起古老的鼓乐
彝家和你一起走进爱的火把节

远方来的朋友请你过来歇一歇
一起尝尝彝家的美酒彝家的岁月
献给你的幸福吉祥请你都带走
你栽下的友谊之花永远不凋谢

牧野情歌

走不完的大草原
开不完的花
心上的少年郎骑着白马

那穿透岁月的目光
骄傲地飞翔
这家乡的水、这家乡的云
可曾让你牵挂

夕阳别落下
陪伴他万里走天涯
风沙别说话
听我把歌儿唱给他

天山之月

这个夜晚太长太长
就像我当初的幻想
一串又一串
连起了数不清的荒唐

这个夜晚太冷太冷
就像你离去的模样
那美丽的冰凉
让我怎样不再说迷茫

你是天山遥远的月亮
照不清我思念的脸庞
你不会知道这夜晚
还有人在为你张望

你是天山遥远的月亮
融不化我岁月的风霜
我不相信这个夜晚
你怎样照亮别的地方

敬你一碗青稞酒
——四川九寨沟迎宾曲

敬你一碗青稞酒
远方的好朋友
一泓泓清醇的海子哟
映醉了你的双眸

敬你一碗青稞酒
远方的好朋友
一帘帘甜美的瀑布哟
饮醉了你的歌喉

九寨的水啊，点点滴滴都是酒
九寨的情啊，岁岁年年喝不够

敬你一碗青稞酒
远方的好朋友
祝福一声扎西德勒
千年一醉九寨沟

阿 妈

雪山上的泉水
流淌成你头上苍苍的白发
你一天天地衰老
孩儿才能慢慢地一天天长大

草原上的野花
描画出你脸上风雨的年华
你一遍遍祈祷
孩儿才能安心地一次次出发

阿妈你为了我吃过了多少苦
阿妈你为了我担过了多少怕
银子一样纯洁的灵魂
点亮在不灭的酥油灯下
你虽已没有乳汁
家里却永远有你喝不完的奶茶

格桑花开

天上有朵彩云飘呀飘地飘过来
地上有群绵羊跑呀跑地跑过来
远方有阵歌声飘呀飘哎飘过来
身边有个姑娘唱呀唱哎唱过来

格桑花开,格桑花开等谁摘
姑娘你可明白
有个人儿为了你
等了多少载

格桑花开,格桑花开等谁摘
姑娘你可明白
有颗心儿为了你
醉得解不开

天苍苍地茫茫

天苍苍地茫茫
风吹草低见牛羊
低头寻，抬头望
旧城墙下可是我故乡

风萧萧水寒寒
壮士一去不复还
雁飞来，雁飞去
是谁还在凭吊这古战场

就让我喊一声
喊破寂寞的秋霜
我不忍再见哭泣的孩子和爹娘

就让我喊一声
喊破千古的荒凉
我不忍再见昨天那流血的斜阳

马背天涯

粗犷的嗓门剽悍的马
奔走在阴山下
漂泊的帐篷女人的心
是你回首的家
琴弦上拉着一个故事
马鞭里卷走千个天涯
睡梦里的你也还在放牧着大风沙

莽莽的草原奔放的你
走不尽冬和夏
痛苦的怒吼痛快的笑
都在这苍天下
风暴中不曾皱过眉头
酒壶里总是了无牵挂
马背上的男子汉哪管它地陷天塌

三月三

三月三是一支鼻箫
留连在淡淡的月色里
三月三是一把花伞
迷醉在濛濛的椰林里

三月三是温柔的季节
少女的筒裙开放得这样美丽
三月三是奔放的日子
小伙的弓箭张满得这样神气

三月三是初恋的花期
虽然有欢笑也有冷落的哭泣
三月三是动人的结局
虽然有甜蜜也有失恋的孤寂

三月三是一支古曲
或许有一天它也会老去
三月三是一幅风景
它永远悬挂在黎家的心里

黎母山恋歌

抬头不见雨打湿的脸
兽皮裙上可有当年的剽悍
噢黎母山

回头不见风吹落的箭
黑森林中可有当年的缠绵
噢黎母山

你瘦骨嶙峋的五根手指
该怎样抚平野火中烫皱的思念
你呜咽哭泣的万条泉水
该怎样流尽石缝中寂寞的忧伤

我再不能掩饰苦恋的情感
你身上的花纹是否已凋残
我再不能忍受长久的等待
这古老的筒裙要再度鲜艳

黎母山啰喂烧不死的山
太阳般的哥哥快回到我身边
黎母山啰喂淹不灭的山
月亮般的妹妹为你把歌唱到永远

珠穆朗玛峰

刮不断的风雪
解不开的冰封
无尽头的高寒就叫它作长空
千百年的沉默就叫严冬

收不住的期待
按不下的骚动
殒落的太阳就叫它作火种
孤独的雪莲也是葱笼

珠穆朗玛峰
放逐不了的英雄梦
珠穆朗玛峰
冷却不了的笑容

我知道滚烫的热血
正在你心头奔涌
我相信热情的叫喊
你已听见，你也已听懂

西藏情歌

高原上的哥哥、马背上的哥哥
快喝干这青稞酒
青色的风在刮、白色的水在流
妹妹我跟你走

雪山下的哥哥、篝火边的哥哥
快快伸出你的手
帐篷的狗在叫、寺庙的钟在敲
妹妹我跟你走

从此后在一起,放牧那大日头
从此后在一起,把情歌唱个够

只相信跟你走,穿过遥远的山口
就会摆脱忧和愁
一条雪白的哈达,系住十八个年头
交给你天长地久

苗山摇滚

刺破天的苗山哟呵一坡又一坡
吹不停的大风哟呵滚动我的歌
在蛮荒中走过、在长夜中跋涉
我的歌是一把血性的火
血性的火,烧尽了千年的寂寞
血性的火,照亮了骚动的魂魄

刺破天的大树哟呵一棵又一棵
走不完的苗寨哟呵传送我的歌
在困境中生活、在雷雨中收获
我的歌是一条多情的河
多情的河,流过了岁月的坎坷
多情的河,翻卷着爱的漩涡

走出大凉山

千万支的火把照着你的脸
让我看清楚你的容颜
噢,我最亲我最爱的大凉山

千万年的美丽还是没改变
远走的心依然在留连
噢,我最亲我最爱的大凉山

甲嫫阿牛请你闭上你的眼
别说走后你会很想念
噢,我最亲我最爱的大凉山

拥抱着你对你喊一声再见
你的爱情是我的永远
噢,我最亲我最爱的大凉山

走的时候有一些抱歉
走的时候有一些挂牵
走的心情难免有一些忧伤
走的路上我会装得不孤单

总有一天我会回到家
回到我心爱的大凉山
也许那时的我还是一无所有的模样

可我会告诉你支格阿尔就在你面前

注：①甲嫫阿牛——彝语"姑娘"的意思
　　②支格阿尔——彝语"英雄"的意思

索玛花

谁都说凉山是一幅画
彝家的姑娘就像画中的花
阿哥天天都看着你呀
看得脸上飘彩霞

谁都说凉山是一个梦
彝家的姑娘就像梦中的花
阿哥夜夜都守着你呀
和你牵手在月光下

谁都说凉山是一颗心
彝家的姑娘就像心中的花
阿哥永远都爱着你呀
何时能把你接回家

哎,美丽的索玛花
哎,温柔的索玛花
哎,可爱的索玛花
哎,凉山的索玛花

金沙江

来到雪山下
想一睹你的笑靥如花
千百年的追寻哟
你始终不肯撩开你的面纱

站在石鼓边
想听听你的悄悄话
千百年的叩问哟
谁也无法读懂你的回答

哦,亲爱的姐妹
是不是只有高原的冰清玉洁
才能使你如此的妩媚

哦,亲爱的姐妹
是不是只有至情至性的呼喊
才能打开你的心扉

把手给我吧,金沙江
千回百转
你总该走出你的家

把心给我吧,金沙江
穿过虎跳峡,青春激荡
才是你的绝代风华

高原的汉子

曾经是祥云缭绕的洁白雪峰
在阴冷的枪声中变得这样沉重
那一群惊慌失措的藏羚羊啊
到哪里才能找到你安详的颜容

曾经是帐篷一样的蓝色天穹
在什么时候开始被鲜血染红
那一群美丽善良的藏羚羊啊
你流泪的眼睛把整个世界牵动

风吹过可可西里千百年的梦
高原的汉子心有多痛
这一片水土是你我共同的家园
我会用生命守护着你最后的光荣

瑞丽江的女儿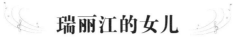

花环在头上戴，花裙在水中摆
快乐的歌谣带着祝福泼过来
走过了大榕树，穿过了小村寨
每一串笑声都是你青春的风采

小鸟在枝头唱，鲜花在手里开
长长的黑发随着清风飘过来
国境上的情谊，竹楼里的恩爱
每一段岁月都是你温柔的期待

瑞丽江的女儿啊，是月光下的凤尾竹
一枝一叶都有相思如海
瑞丽江的女儿啊，是霞光里的金孔雀
清纯美丽难掩风华绝代

瑞丽江的女儿啊，是数不尽的绿宝石
晶莹透亮不染一丝尘埃
瑞丽江的女儿啊，是喝不完的甜米酒
千杯万盏醉得人间冬去春来

冬不拉

许多次你为我弹起冬不拉
我看见琴弦上风雪交加
剽悍的英雄们骑着白马
草原的儿女注定有千个天涯

许多次你为我弹起冬不拉
我看你眼中柔情如画
暖暖的毡房外点着篝火
草原的儿女也会有万般牵挂

亲爱的人啊，亲爱的冬不拉
弹不完的岁月唱不完的知心话
亲爱的人啊，亲爱的冬不拉
枕着你的声音我才有了自己的家

第五辑

我不想说

我不想说
——电视连续剧《外来妹》片头曲

我不想说，我很亲切
我不想说，我很纯洁
可是我不能拒绝心中的感觉
看看可爱的天，摸摸真实的脸
你的心情我能理解

许多的爱，我能拒绝
许多的梦，可以省略
可是我不能忘记你的笑脸
想想长长的路，擦擦脚下的鞋
不管明天什么季节

一样的天，一样的脸
一样的我就在你的面前
一样的路，一样的鞋
我不能没有你的世界

（作词：陈小奇、李海鹰）

等你在老地方
——电视连续剧《外来妹》片尾曲

年复一年梦回故乡
天边的你在身旁
随那热泪在风中流淌
流得那岁月短又长

年复一年想着故乡
天边的你在心上
把那沧桑珍藏在行囊
独自在路上忘掉忧伤

抓一把泥土在手上
塑成你往日的模样
一遍一遍回头望
你已不在老地方

不管你会怎么想
我会等你在老地方

九曲黄河一壶酒
——电视连续剧《毛泽东》主题曲

能不能轻轻拉住你的手
风里雨里歇歇脚别再匆匆地走
能不能再次看看你的脸
让我读懂你心里所有的爱与仇

一遍遍喊着你在天亮时候
一次次想起你在梦的尽头
九曲黄河一壶好酒
日日夜夜你都在我心上流

所有的往事

——电视连续剧《情满珠江》主题曲

所有的往事都刻在心里
所有的真情都给了你
脚下的世界已经改变
这份爱却始终为你牵挂

过去的一切也许有点傻
自己的眼泪让我自己擦
默默地穿过你的黑夜
想一想曾经付出的代价

失去一颗心
是不是就只能够浪迹天涯
得到一个人
是不是就不再有风吹雨打
多少富贵
多少荣华
也无法把明天买下

热血男儿
——电视连续剧《和平年代》主题曲

流不尽是发烫的江水
一次次总听见号角在吹
放飞白鸽的岁月里
有几人醒、几人醉

我的梦想你是否觉得太累
我的选择只能自己体会
饱经风霜的英雄树下
有多少爱、多少泪

热血男儿
无怨无悔
把青春塑成一座纪念碑

付出这一生
只愿你明白
最可爱的人他究竟是谁

我的好姐妹
——电视连续剧《姐妹》片头曲

远远地望着天边
你总是说你想飞
如果你要走
就不要为我流泪
好吗？我的好姐妹

无论你是错还是对
我从来无怨无悔
如果你困了
就在我怀中入睡
好吗？我的好姐妹

至亲至爱，手心手背
一脉相连，血浓于水
如果你需要
就对我敞开心扉
我会给你一切
我的好姐妹

陪你坐一会

——电视连续剧《姐妹》片尾曲

陪着你坐到天黑
想听你说出你的累
漂泊的心总需要一些安慰
唱一首歌
但是不要买醉

陪着你坐到天黑
好怕你走了不再回
出门的人总会有许多伤悲
听一首歌
但是不要流泪

让我再陪你坐一会
月色依然如水,往事难追
今夜的梦别让它轻易破碎
留下一段真情,慢慢回味

人民的儿子
——电影《邓小平》主题曲

这片土地总是让你魂牵梦萦
深深浅浅的脚印、风雨匆匆的身影
你让自己走尽所有的坎坷
只为后人留下平坦的捷径

这个民族总是让你彻夜难眠
冰雪消融的春天、拨云见日的黎明
你让自己添加许多的白发
只为祖国变得越来越年轻

人民的儿子,一生为人民
你坦坦荡荡的胸襟里装的全是老百姓
人民的好儿子,把一切献人民
富强起来的中国人,是你永远的不了情

长安恋曲
——电视连续剧《开创盛世》主题曲

多少次美丽的追忆
已把这一生相许
灞陵上你的风采
依然如此的熟悉

多少次痴情的寻觅
承接着唐风汉雨
红尘中你的足迹
总在人世间延续

是怎样的久远的期待
穿透了生和死的距离
这一片朗朗乾坤花朝月夕
你是千年的恋曲唱在我心里

风雨人生走一程
——电视连续剧《走过冬天的女人》片头曲

不惑的心，不眠的人
听惯了多少落花声
扫不完的尘，坐不暖的凳
珍藏的旧梦疼不疼

拥挤的路，狭窄的门
中年是一座不夜城
扯不清的线，摆不平的秤
别问这季节冷不冷

岁月无情，胸中有爱
为自己点亮一盏暖暖的灯
有泪不轻弹，有伞何须等
风雨人生走一程

今天是个好天气
——电影《天皇巨星》插曲

今天是个好天气
因为我和你在一起
正好天上在下着雨
雨中无人迹

今天是个好天气
因为我和你在一起
幸好天上在下着雨
雨天难忘记

你可以把我当作大雨伞
虽然漏着雨
你可以相信我是老朋友
却从来记不起

今天是个好天气
因为我和你在一起
今天是个好天气
因为天上下着雨

黑色太阳镜
——电影《天皇巨星》插曲

摘下你那黑色的太阳镜
不要挡住自己也挡住那个他
扔掉你那漂亮的假面具
不要掩饰自己
你其实已够潇洒

这吵闹的大街上
这浪漫的酒吧
有几个我和你
几个她和他
忙忙碌碌寻找一个家

没去过的好地方
说不完的情话
陪伴着我和你
还有她和他
旁若无人走在月光下

一无牵挂
——电影《天皇巨星》插曲

你不能让我不说话
虽然喉咙有些沙哑
不管你会怎样看我
我的心不掺假

你不能让我不潇洒
我已离开过去的家
不管你会怎样看我
我不能不长大

我只想真的一无牵挂
唱着歌儿走尽天涯
然后再回头数伤疤

敲着我的吉他
唱着永远一无牵挂
想着那渐渐看不见的家

英 雄 泪

——电视连续剧《洪秀全》主题曲

折断了青锋剑
擦不干英雄泪
万里长江呜咽水
孤身长叹知是谁

凭一双黄泥腿
发万丈龙虎威
帝王旧梦今何在
山川空见大风吹

蓦然回首
那浩荡胸襟从何时成了末路残碑
拍遍栏杆
这骨肉真情却为何今朝横刀相对
面对着九万里皇天厚土
唱不尽五千年悲歌轮回

爱　巢
——电视连续剧《爱情帮你办》片头曲

最近的日子算不算很好
满大街的人都在匆匆地跑
东西和南北大家都很明了
谁也不会轻易放弃每一个目标

最近的日子算不算很好
一见面都有着满脸的笑
春夏和秋冬花开花落多少
谁也不愿轻易放过每一次心跳

给疲惫的情感筑个爱巢
让无助的人们有个依靠
虽然这世界越来越热闹
善良的你总会有好报

送你一轮月亮

——电视连续剧《爱情帮你办》片尾曲

送你一轮月亮，挂在你的心上
照亮所有的岁月，所有的地方
聚散和离合，阴晴和暑寒
都在这一刻随着清风飘散
只有柔情在相望

送你一轮月亮，挂在你的心上
抚平所有的思念、所有的沧桑
留一份清纯，留一份温暖
用我如水的慰藉
拥抱着你走进爱情的故乡

这片天长地久的月色
是一份永远的嫁妆
愿人间有情人举杯向青天
为明天醉一场

人往高处走
——电视连续剧《深圳之恋》片头曲

说不出是都市还是乡村
分不清是黑夜还是白昼
有没有一面能看清自己的镜子
有没有一个能松一口气的时候

弄不懂是快乐还是忧伤
想不清该疯狂还是温柔
有没有一双能挽住明天的手臂
有没有一杯能告别昨夜的醇酒

人往高处走
水往低处流
什么时候才是你梦的尽头
人往高处走
水往低处流
什么地方才能停泊爱的小舟

黑咖啡

——电视连续剧《深圳之恋》片尾曲

今夜月色如水

旋转的霓虹灯去了又回

是谁的吉他

弹得人心碎

招招手要来两杯黑咖啡

为了你为了我碰碰杯

梦醒的时候

别再说后悔

黑咖啡、黑咖啡

许多年才喝这一杯

黑咖啡、黑咖啡

该怎样结束这一种久违

不必告诉我

别后你怎样的憔悴

这一杯黑咖啡

就是你我流干了的泪

把手伸给我

——电视连续剧《家庭》片头曲

你不要说,什么也别说
我愿意和你一起沉默
既然已经注定没有回声
就让我们学会把自己解脱

你不要说,什么也别说
我会和你一起忍受寂寞
既然已经注定不会有美丽的结果
就让我们面对所有的过错

可是为了什么,为什么,这堵古老的围墙
为何没有一阵大风把它穿破
可是为了什么,为什么,那个骚动的太阳
为何还不能照亮每个角落

什么时候心胸能够变得天空一样宽阔
什么时候世界能够变得不再难以捉摸
什么时候才能彼此真诚地说声把手伸给我

风还在刮
——电视连续剧《家庭》片尾曲

风还在刮,雨还在下
风里雨里是否能够拥有一个温暖的家
风还在刮,雨还在下
风里雨里是否能够得到期待的回答

我不相信风里只有吹散的黑发
我不相信雨里只有流泪的脸颊
我不相信真诚的心灵只能孤独地表达
我不相信付出的爱会永远浪迹在天涯

给我一个屋檐
——电视连续剧《家庭》插曲

是这样平静的脸庞
为什么无端下起冰冷的雨
是这样真诚的哭泣
为什么流不完那褪色的回忆

是这样结实的手掌
却无法遮住这满天的泪滴
是这样纤弱的肩膀
怎样去承受这无边的孤寂

能不能给我一个低矮的屋檐
让疲惫的心不再奔波在阴冷的雨季
能不能给我一个低矮的屋檐
让我热情的梦不再行走在泥泞的土地

海珠恋曲

——专题片《海珠风华》主题曲

我的回忆是一个遥远的大海
一个珍藏很久的年代
为了找你，我走遍古海岸
千年的梦里
你是否会踏歌而来

我的追寻是一颗美丽的珍珠
一种光芒万丈的风采
为了看你，我走遍江南道
每一次相拥
总有许多新的期待

你是一片孕育珍珠的大海
白天和黑夜都拥有灿烂的爱
你是一颗大海孕育的珍珠
昨天和今天在一起就是未来

我的声音
——电影《商界》主题曲

我的声音是否难以听见
你的背影是否还在流连
也许遗失的不过几个夜晚
也许记住的不止几句诺言

动人的你只是一个瞬间
永远的我只是一份情感
也许拥有了还会说声再见
也许分手后还要苦苦相恋

我们已经寻找了多少年
那座城市依然远在天边
我们已经苏醒了多少遍
那座城市总是近在眼前

无法靠岸的船
——电视剧《沧海情仇》片尾曲

沉浮起落在红尘之间
疲惫的梦已经飘了很远
寻遍天涯不见那盏渔火
谁能在黑夜里伴我取暖

悲欢离合总在转眼之间
恩恩怨怨只因爱得太难
情丝万缕又是擦肩而过
谁能给我一片晴朗的天

这沧海一样深深的痛
需要多少爱才能化作桑田
我是一只无法靠岸的船
日夜守护着来来去去的缘

二十世纪的赶路人
——电视专题片《中国潮》主题曲

头上的天空很宽阔
脚下的路有许多
握住了岁月的你的手
是历史不变的选择

身后的风雨不必说
前面的海很诱惑
升起了风帆的你的心
是青春不变的承诺

二十世纪的赶路人
把梦想点成一簇不灭的火
二十世纪的赶路人
把自己唱成一首明天的歌

不老的誓言
——电视专题片《家》主题曲

种两棵长青藤爬满窗前
剪一个红双喜贴在心间
这一刻的拥有
这一刻的缠绵
从此相伴岁岁年年

留住所有的柔情温暖你的脸
带着全部的关怀靠在你的肩
这一生的风雨
这一生的故事
美丽着不老的誓言

直到那一天我们双鬓如霜
直到那一天我们步履蹒跚
相依相偎在回忆的长椅上
对你说、对你说，爱是永远

把温柔留在握别的手
——电视连续剧《国宝即将被拍卖》片头曲

你总是匆匆地走
不见你为我回头
总是有匆匆的风雨
让思念淋湿胸口

曾经有过多少热血春秋
把特别的温柔留在握别的手
是一种怎样的心情穿过这十字路口
让我化作一片阳光跟随你的背后

珠 江 颂

——广东电视台大型纪录片《珠江》主题曲

千万年的云烟,千万里的回旋
南方不老的天空,给了你不息的源泉
北回归线的阳光,生长希望的家园
一条最温暖的河流,把几十个民族紧紧相连

千万次的变迁,千万次的期盼
南方多梦的岁月,给了你多情的容颜
人类创造的奇迹,自然馈赠的奇观
一条最美丽的河流,把绿色的春天唱到永远

啊珠江,你把波涛带给大海
地球因为你而更加蔚蓝
啊珠江,你把中国带给世界
未来在这里起锚扬帆

记得当年

——电影《中学时代》主题曲

年少的时光是一本日记
翻开的每一页都能看见你
我们都曾经潇洒放纵，少年意气
向你伸出的那只手，却总牵不住你

记得当年所有的欢乐时光总和你在一起
记得当年经历的风风雨雨我身边总有你
一起顽皮一起恶作剧彼此心有灵犀
那些青涩莽撞的日子，是我最温馨的记忆

年少的时光已学会珍惜
每一个挫折都记载着付出的努力
我们都曾经纯真坦诚青春无敌
为你写下的那首歌，却还藏在抽屉里

记得当年所有的欢乐时光总和你在一起
记得当年经历的风风雨雨我身边总有你
一起求索一起坚持彼此心有灵犀
那些遥望星空的日子，是我最开心的记忆

当梦想放飞在天际，当世界收在眼底
猛然间发觉我们已经长大，在这个日子里

我的梦想
——中央教育电视台专题片主题曲

曾经多次午夜梦回
只为了一个春天的约会
许多年痴心的守候
总有期盼与我相随

此情可寄，往事难追
一份爱从来不曾迷醉
只相信风雨中的跋涉
能够证明生命的高贵

我的梦想是一川长流的水
千折百回，无怨无悔
我的梦想是一壶醇真的酒
岁月如歌，久久回味……

第六辑

又见彩虹

又见彩虹
——中华人民共和国第九届全运会会歌

期待像一道彩虹
绚丽在雨后的天空
被圣火牵引的目光
又一次在这里重逢

阳光下热情的相拥
岁月在手心中交融
超越和创造的渴望
召唤着一代代英雄

用汗水浇铸的日子
见证着青春的行踪
流淌在巅峰的热泪
是人间最美的笑容

又见彩虹,快乐如风
年轻的心是永远的骄傲和光荣
付出我的爱,放飞你的梦
我们的路将成为生命中最深的感动

跨越巅峰
——首届世界女子足球锦标赛会歌

把所有的爱
圆成一个梦
在东方的阳光下开始一道青春的行程

让所有的心
化成七彩虹
在燃烧的誓言中携手跨越世界的巅峰

scale the heights
在风雨之中我们走过来
scale the heights
在纪念日中留下我们的风采

拥抱明天

告别泥泞的昨天
结束百年的遗憾
就在今天,把手中的圣火点燃

一个黑白的梦想
牵动百年的呐喊
就在今天,把脚下的历史改变
从此改变

让我们的心相连
把我们的爱奉献
在飒爽英姿赛场上
相逢一笑到永远

让我们的心相连
把我们的爱奉献
在奥林匹克旗帜下
拥抱明天

为我们的今天喝彩

一个人走路总不自在
心里少了别人的关怀
大家走到一起来
寂寞和孤独不会在

让天空留下一片云彩
蓝天上再不会空白
让时间变得无奈
让欢笑就停在现在

你我走上舞台，唱出心中的爱
迈出青春节拍，为我们的今天喝彩

（白）：小时候听歌是我兴趣所在
　　　　长大了唱起歌总想比赛
　　　　今天的你今天的我都十分可爱
　　　　不管输不管赢都很精彩

（作词：陈小奇、解承强）

领 跑

一步一步，我在路上领跑
每个日子都是一条新的跑道
所有的荣誉总会慢慢变老
我知道坚持与执着究竟有多重要

一步一步，我在风中领跑
每个驿站都有一个新的目标
所有的远方需要用爱寻找
我知道雨后的彩虹才是我的骄傲

我领跑，生命在燃烧
超越自己是一种最美的心跳
我领跑，不放弃一分一秒
强者的梦总要飞得越来越高

矫健大中华
——第八届全国少数民族传统体育运动会会歌

天上翱翔的雄鹰
地上奔驰的骏马
追着风，逐着日
好一路锦绣风华

敲响希望的手鼓
点亮激情的火把
带着爱，牵着梦
好一个快乐的家

大中华，矫健大中华
五十六个民族走在阳光下
大中华，我们的大中华
挽起手和世界一起出发

最美的风采

——广州亚运会歌曲

鲜花如梦,为你而开
所有的花瓣汇成欢乐的海
花香中相聚,花环里喝彩
天长地久是最美的期待

鲜花如火,为你而开
每一次怒放都有炽热的爱
风雨中傲骨,阳光下豪迈
万紫千红是最美的竞赛

花飞花满天,风自八方来
这一个花季让激情与你我同在
带着花信走,争得春满怀
这一座美丽的城市将记住亚洲最美的风采

从此以后

从此以后，清风明月相守
从此以后，粗茶淡饭足够
从此以后，把真实与简单参透
从此以后，把脱缰的梦想回收

从此以后，不为浮名奔走
从此以后，不为奢华折寿
从此以后，光阴不再廉价兜售
从此以后，知道该放手时就放手

从此以后，学会敬畏也懂得静修
从此以后，学会逆行也懂得顺流
从此以后，与世间万物风雨同舟
从此以后，让爱与缘分相伴白头

我 相 信

我们都行色匆匆
经历过酷暑也走过严冬
只因为那一个梦
心中留下了不灭的火种

我们都步态从容
踏平过风雨拥抱过彩虹
只因为那一个梦
明天被紧紧握在手中

每个人，都有梦
也许很崇高也许很普通
只要有了那片深沉的红
就是美丽的中国梦

每个人，都有梦
也许很清晰也许很朦胧
只要有了那腔燃烧的爱
就是真实的中国梦

我相信，中国人的梦
都是载满希望的中国梦……

为明天剪彩

为了一种感动踏歌而来
带着暖暖的期待
无数个神采飞扬的故事
就在这里展开
星光下的领悟,汗水里的感慨
付出了一切痴心不改
滚滚的红尘,匆匆的岁月
每个夜晚,都有梦想唱给未来

为了一种信念踏歌而来
带着不变的情怀
无数道通向远方的路程
都在这里安排
掌声中的热泪,风雨中的喝彩
证实着生命无悔的存在
内心的坚强,眼底的渴望
这个地方,寄托着我毕生的挚爱

伸出双手为明天剪彩
让歌声唱亮这舞台
飞向天空,扑向大海
崭新的大幕已经为你我打开

明星的独白

日月经天，江河行地
谁会不注意这辉煌的足迹
明亮的骄傲，黯淡的孤寂
有谁能明白明星的泪滴

多少次的狂笑与哭泣的故事
讲述着一个古老的主题
多少次的幸福与痛苦的想象
重复着一个挥不去的梦呓

无论是我，无论是你
谁也走不完这无尽的阶梯
超越的自豪，淘汰的悲戚
有谁能摆脱悲壮的结局

多少次的快乐与叹惜的眼睛
表达着一个永恒的默契
多少次的激动与压抑的叫喊
期待着一个崭新的崛起

啊　明星
习惯了在高寒地带举起冻不僵的手臂
啊　明星
塑造一个金杯在心里谁也夺不去

爵士鼓手

不是没有寂寞

不是没有忧愁

在这欢乐的时候

有什么哭泣的理由

不是不懂优雅

不是缺少温柔

在这爆炸的夜晚

粗犷的激情要奔流

摇滚的岁月不须回首

摇滚的鼓手不会停留

一往无前的鼓手

不屈不挠的爵士鼓手

有什么辛酸能够让你把眉皱

豪气万丈的鼓手

敲击黑夜的爵士鼓手

有什么痛苦能让你放下你的手

幸运之星

总是吹不完的风，总是下不完的雨
谁的脸上没有惆怅和失意
总是做不完的梦，总是解不开的谜
谁的足迹没有坎坷和崎岖

从来不懂逃避，目光不会弯曲
你那疲惫的笑容这样灿烂又美丽
从来不懂哭泣，心灵不会沉溺
没有什么能让你把头低

幸运之星
愿幸运之星照耀你
在这热情的世界里
多少期待的眼睛在注视你

幸运之星
愿幸运之星陪伴你
在这拥挤的世界里
升华起你生命的主题

永远不变我的眷恋

永远不变我的眷恋
沧海桑田是昨天
永远不老你的容颜
魂牵梦绕在心间

红尘中轻轻擦亮我的眼
看看这个世界怎样改变
又一次对着昨天说再见
无论怎样你我都拥有明天

就让这海风轻吻我的脸
问问我的心跳你可听见
穿越过情感深处的栅栏
用我全部的爱给你一个美丽的答案

十九世纪

买下一条铁路，只为了把它拆除
修筑一个炮台，只为把国门关住
割让一个香港，只因为不知何物
流放一个英雄，只因为善于屈服

宣布一场战争，只为了把面子维护
建立一支舰队，只为了把降约签署
支付黄金百万，只因为烧不尽烟土
出卖几次版图，只因为输光赌注

十九世纪的痛苦
写下了一部沉重的史书
十九世纪的荒唐
中国人会让它永远结束

十九世纪的屈辱
造就了一个不屈的民族
十九世纪的血与火
中国人会永远记住

黄土地上的黑眼睛

转不完是磨房的小毛驴
放不下是熏黑的铜烟袋
当眼睛在风沙中蓦然睁开
黄土地便开始拥有痛苦的期待
就让我背负起你的沉重呀
就让我收拾起你的悲哀
既然已经用篝火把目光点燃
睫毛的阴影就再也不能把自己覆盖

压不垮是挺直的脊梁骨
按不下是抬起的天灵盖
当眼睛在噩梦中蓦然睁开
黄土地便开始放逐麻木和无奈
就让我珍藏起你的红腰带
就让我了却这千年的相思债
既然已经和世界庄严地对视
惺忪的睡意就再也不会卷土重来

老百姓

老百姓的目光里都有追逐太阳的梦想
老百姓的脸庞上都有拥抱青天的回忆
老百姓的故事里都有充满自信的结局
老百姓的歌谣里都有美丽纯真的主题

老百姓的汗水都是千年运河的潮汐
老百姓的叫喊都是万里长城的根基
老百姓的手掌都握着列祖列宗的嘱托
老百姓的肩膀都负着子孙后代的希冀

拥挤的人海里
又何必去辨认究竟哪个是我、哪个是你
一样的黄皮肤,一样的黑眼睛
头顶中国的天空,脚踏中国的土地

从昨天走过来,向明天走过去
默默承受无边无际的风风雨雨
巨龙的传人,炎黄的后裔
纵然天塌地陷也不会把头低

老百姓是古老的铧犁,唱着朴素的戏曲
老百姓是新鲜的太阳,春夏秋冬总是热情洋溢
老百姓是不竭的水,世世代代把真诚传递
老百姓是不灭的火,没有什么能把它抗拒

中国的老百姓，普通的老百姓
虽然每一个人奉献的只有点点滴滴
中国的老百姓，平凡的老百姓
却让全世界永远不能忘记

不眠的夜

夜风轻轻吹动我的发梢
霓裳艳影伴着你的笙歌缭绕
牵着你走进这万家灯火
看看哪一盏是你送出的微笑

江水滔滔流过我的怀抱
沧桑巨变不改你的青春容貌
牵着你走进这花团锦簇
想想哪一朵是你唱出的歌谣

不眠的夜啊月圆花好
不眠的梦啊天荒地老
不眠的人总是为你守候
不眠的心会拥有所有的清早

相约在明天

送一个好夜晚与你共享
留一个纪念日和你收藏
回头看已是几番花开花落
你是否还记得这碧瓦红墙

斟一杯陈年酒与你同醉
赠一幅好山水伴你归乡
今日里又是一次月圆月缺
相信你记得住这儿女情长

相约在明天,明天不遥远
欢乐在今宵,今宵永难忘
想我的时候就听听这首歌
相望的一瞬间已是地久天长

护花的人

穿行在树丛花间
看姹紫嫣红开遍
可是你能否告诉我
你要的是什么样的春天

生长在枝头的花瓣
不能在地下流连
可是你能否告诉我
怎样才是你要的春天

为了美丽,我们已付出太多
请还我一个纯真的容颜
护花的人,心中有永远的爱
日日月月守护着春天的尊严

花开的季节

伸出你的手让我握紧一些
我的心中不再下雪
每次远行都要和昨天告别
你的花总是让我无法拒绝

守着你的梦,看着你的笑靥
走得再远也难以忘却
我的真情是一江柔柔的水
你的花给我一个爱的世界

花开的季节,和你相约
留住一份初春的感觉
送花的人,看花的夜
你的花在我心中不会凋谢

和平万岁

蔚蓝的天空下面，鸽子在自由地飞
远离战争的岁月是这样的美
母亲唱着摇篮曲，孩子在安详地睡
孕育了多年的爱，像一江春水在梦里萦回

插满橄榄枝的花瓶，其实它很易碎
远处传来的哭泣，敲打着我的心扉
无辜善良的人啊，该怎样给你安慰
保住自己的幸福，代价是这样的昂贵

沉重的地球和地球上的人类
我们的未来能够托付给谁
记忆中的伤痛，废墟上的追悔
祖祖辈辈请记住：和平万岁

让世界更美丽
——南方新丝路模特大赛主题曲

一条丝路连接着南方的花雨
霓裳倩影描画出文明的轨迹
当美丽成为时尚,到处是春色潮汐
来自远方的声音,呼唤着新的天地

一道天桥丈量着成功的距离
黑发飘逸体味着卓越的魅力
穿过了滚滚红尘,将目光投向天际
孕育梦想的摇篮,把青春连在一起

在这里放飞自己,在这里告别过去
让生命拥有一个灿烂的花季
在这里拥抱未来,在这里创造奇迹
我们的风采,让世界更美丽

让美丽地久天长
——第三届湛江南珠小姐竞赛主题曲

沐浴着日月的光华
拥抱着起伏的波浪
这无边无际的大海啊
是我们生长的地方

珍藏着岁月的歌唱
孕育着灿烂的渴望
这如诗如画的大海啊
是我们蔚蓝的梦乡

欢聚在可爱的湛江
展示着青春的形象
南海的女儿是最纯洁的珍珠
让美丽地久天长

以生命的名义

——广东6.26禁毒晚会主题曲

轻轻地擦干你脸上的泪滴
那白色的恶梦是否已离你远去
当阳光又一次照亮大地的新绿
请告诉我,你会怎样面对自己

紧紧地握住我发烫的情意
这人间的关爱请你殷殷记取
当世界为我们馈赠健康的呼吸
请告诉我,你会怎样面对自己

以生命的名义,我们站在一起
手牵手筑起一座铜墙铁壁
以生命的名义,我们站在一起
没有污染的蓝天将变得更美丽

老 兵

你的皱纹很深很长
像战壕藏着过去的辉煌
你的脸上写满沧桑
却总在雨里挺起你的胸膛

你的手掌很大很宽
牵着我们走过许多的地方
你的模样不算好看
却总流淌着父亲的慈祥

隔壁的老兵
我知道你有很多的伤疤
每个伤疤都是一枚青铜的勋章

隔壁的老兵
我知道你有很多的故事
你不会虚构
却总是讲得神采飞扬

隔壁的老兵
我知道你喜欢那些孩子
每个孩子都是一个动人的梦想

隔壁的老兵
我知道你早已离开战场
你不想打仗
可为了孩子你会重新拿起枪

英雄传说

还是那双结实的草鞋
还是那些走不完的台阶
负伤退伍的老人啊
你收起勋章
在娄山关下耕耘不歇

军衣上还有当年的残阳如血
回忆中常听见喇叭声咽
步履蹒跚的老人啊
你解甲归田
却依然挑着那段岁月

啊老人，你是最朴实的英雄啊
只让辉煌随西风吹过寂静山野
啊老人，你是纪念碑的基座啊
日日夜夜
用生命守护着雄关如铁

船　　长

海岸线已经变得很遥远
扑面只有不会疲倦的风浪
一只受惊的鸽子在头顶上飞过
牵走你停泊在甲板的目光

噢船长、噢船长
我知道你很想念宁静的家乡
噢船长、噢船长
我知道你很喜欢温柔的避风港

季候风总是刮得很粗犷
伴你只有不会抛锚的梦想
一群肃穆的海鸥在乌云里穿过
放牧着风暴里幸存的阳光

噢船长、噢船长
我知道你很渴望颠簸的远航
噢船长、噢船长
我知道你的生命不属于避风港

春风又度
——一带一路歌曲

那是一条金色的路
千里黄沙见过多少日出
壮阔的胸襟，坚毅的脚步
我们用丝绸传递和平的祝福

那是一条蔚蓝的路
万里波涛绘出宏伟蓝图
沉练的胆魄，飞扬的抱负
我们用瓷器盛满文明的甘露

一带一路，我们再次起步
和世界一起走向繁荣与富足
一带一路，而今春风又度
共同把人类的命运紧紧握住

我们正年轻
——中国老年大学艺术团团歌

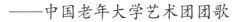

给自己发出一道快乐的邀请
追梦的心总是这样从容
又一次感受校园的风采
我们是天空最亮的星

把自己舞成一道美丽的风景
动人歌声总是回响不停
用彩笔描绘祖国的未来
我们的身影潇洒轻盈

向青春致敬,将风华引领
我们和时代一路同行
用艺术之光点亮新的生命
胸怀大爱,我们正年轻

第七辑

大哥你好吗

大哥你好吗

每一天都走着别人为你安排的路
你终于因为一次迷路离开了家
从此以后你有了一个属于自己的梦
你愿意付出毕生的代价

每一天都做着别人为你计划的事
你终于因为一件傻事离开了家
从此以后你有了一双属于自己的手
你愿意忍受心中所有的伤疤

大哥、大哥、大哥你好吗
多年以后是不是有了一个你不想离开的家
大哥、大哥、大哥你好吗
多年以后我还想看一看你当初离家出走的步伐

疼你的人

慢慢地走过广州街头
南方的夜雨总下个不够
华灯初上拉长你的忧伤
你找不到自己的那扇窗口

划一根火柴点亮你的梦
离开家门作一次梦游
这个城市没有家乡的月亮
你想哭泣又不愿轻易把泪流

伤心的事最好别再想起
疼你的人会在明天拥有
收起雨伞把风雨接受
就在这一盒火柴被你点完的时候

客家阿妈

那一年你送我离开了家
行囊里装满了你的牵挂
你对我说客家人什么都不怕
是山路是大道都在脚下

那一天我为你回到了家
思念已爬满了你的白发
你对我说客家人要志在天涯
别为这老围屋把心留下

阿妈、伢个好阿妈
其实我看得见你的点点泪花
你让我明白了客家的母爱有多深
你让我知道了客家的胸襟有多大

离开广州的时候

你说要走,脸上有点瘦
街道很宽,家乡很远
究竟什么决定了你的去留

我只能够陪你走一走
有些伤感,有些怀旧
我知道你心中有泪在流

当你离开广州的时候
别忘记它给你的温柔
握一握手,为我留个借口
让我能够想你想你想很久

父 亲

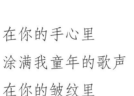

在你的手心里
涂满我童年的歌声
在你的皱纹里
飘流着全家的安宁
啊 我的父亲

在你的眼睛里
闪动着祖先的梦境
在你的肩膀上
负载着沉重的山岭
啊 我的父亲

你虽然已离去
到处都有你宽厚的背影
虽然你没有留下什么
我却珍藏着你的恩情

你是一条漂泊的船
给了我颠簸而平静的生命
你是一颗寒夜的星
给了我微弱而不朽的光明

你是一支古老的歌
给了我朴素而真诚的心灵
你是一滴燃烧的血

给了我人生的热情

你虽然已离去
到处都有你宽厚的背影
虽然你没有留下什么
我却珍藏着你的恩情

母　亲

我相信你梦一样温柔的头发
是孩子想像中美丽的森林
我相信你水一样纯真的眼睛
是孩子童话里可爱的星星
噢　母亲，噢　母亲
也许多少年以后一切都会被忘记
我也将守护着你摇给我的黎明
也许多少年以后一切都会被改变
我也将高举起你辉煌的母性

我相信你土地一样粗糙的手指
是孩子面前爬不完的峰顶
我相信你纪念碑一样矗立的身影
是孩子生活里朴素的天平
噢母亲，噢母亲
也许多少年以后一切都会被遗失
我也将拥有你为世界奉献的心灵
也许多少年以后一切都会被抛弃
我也将珍惜你为人类创造的生命

我的大叔

小时候您常常带我走路
在我摔倒的时候把我搀扶
如今我很想回到您的身边
像您当年扶我那样，扶着您年迈的脚步

小时候您常常听我倾诉
在我伤心的时候让我不哭
如今我很想回到您的身边
像您当年安慰我那样，安慰着您的孤独

我的大叔，我的好叔叔
送上一片阳光请您留住
我会天天为您唱起这首歌
只愿这份小小的礼物能日夜为您祝福

弟 弟

好兄弟，你走的时候
不该不让我去送你
好兄弟，你去到哪里
也总该给我一些消息

好兄弟，寻人的启示
有没有朋友告诉你
好兄弟，忧伤的夜晚
会不会有人来照顾你

遥远的他乡，做梦的年纪
珍藏的照片，飘飞的日历

你说你有些累，但心情很美丽
你说你常想家，但不会再哭泣
你说你会写信，但不会留地址
可是你该知道，大家都想着你
天天在想着你

好兄弟，我的好兄弟

老　　友

那个下雨的夜晚
我们喝了太多的酒
只因为多年以来
从没想过你会走

狂笑高歌的日子
握起来还有些烫手
默默无语的烟缸
只剩下熄灭的烟头

那些快乐和忧愁
我们曾经一起承受
是不是昨天太美
所以明天不再有

虽然明知道世间
从没有不散的筵席
红尘滚滚的路上
热泪却依然在心里流

叫你一声兄弟
喊你一声老友
三十年河东三十年河西
总会再聚首

叫你一声兄弟
喊你一声老友
千百个祝福千百次思念
总是在风雨后

难念的经

有许多做不完的家事
有许多说不出的牵挂
关得住是家门，打不开是心窗
喜怒哀乐都是这个家

有许多藏不住的梦想
有许多说不完的情话
守不住是相聚，分不开是别离
月圆月缺都是这个家

家家都有一本难念的经
谁能走得出这一卷春秋冬夏
家家都有一些温馨回忆
鸟儿倦了要归巢，人儿累了要回家

离开家的日子

离开家的日子有谁可以忘记
风衣里的青春有些期待有些惊喜
离开家的日子总是相对无语
通向远方的路,左边是我,右边是你

不敢为你回头
只有依恋像下不停的雨
家门口的亲人别望着我
别再让我为你哭泣

离开家的日子
不知道明天不知道归期
离开家的日子不知道自己
会不会走得太远忘了故居

离开家的日子想有场大雨
淋醒尘世中的我和你
离开家的日子留下一段足迹
在眼里在梦里在我心里

师恩如海

你的灯光为我而亮
你的头发为我而白
你的岁月为我而流逝
你的生命为我而存在

你的微笑是美丽的梦
你的关怀是质朴的爱
你的讲述是一把人生的钥匙
你的字迹是一面明天的路牌

师恩如海,师恩如海
千万里路程总有你与我同在
师恩如海,师恩如海
千百次回首总是你那宽阔的讲台

孩子我送你上路
——希望工程歌曲

孩子,我送你上路
擦干你的泪,穿上新衣服
你的梦应该和别人一样多
你的心应该从来不孤独

孩子,我送你上路
抬起你的头,挺起小胸脯
你身边应该有许多好朋友
你手中应该有阳光一样的祝福

亲爱的孩子,我送你上路
告诉我从此以后你不再哭
亲爱的孩子,我送你上路
相信我永远会给你帮助

爷爷奶奶

爷爷他做过一张大木床
奶奶她买过一个梳头匣
爷爷奶奶在一起过了一辈子
爷爷和奶奶没吵架也没说过几句话

爷爷他留下一张大木床
奶奶她留下一个梳头匣
爷爷奶奶为子孙操劳一辈子
爷爷和奶奶升了天其实还住在我们家

我家的老房子很结实
这些年变化不太大
我家的旧东西还能用
修修补补别随便扔了它

老人家的话还在耳边响
老人家的照片还在墙上挂
乡下的歌谣我会继续唱
只是那把胡琴我还是没学会怎么拉

远方的爹娘

千里关山,离家的路最长
万家灯火,回家的灯最亮
几次三番在他乡,遥对爹娘说家常
在您膝前在您怀里在您的身旁

沧海桑田,无家的心最凉
清茶淡饭,有家的人最香
几次三番在梦乡,遥对爹娘把歌唱
为您梳头为您捶背为您加衣裳

远方的爹娘,您别来可无恙
月圆月缺您头上又添几多霜
远方的爹娘,您别再倚门望
儿女的柔情,伴着您地久天长

纪 念 日

等待的日子已经太久
久得像没有尽头
许多年唱着思念的歌
却牵不住你的手

这一份情缘为你守候
相信你总会接受
从此后你我风雨同舟
青山不老水长流

其实彼此的距离并不遥远
只要走一步就能够互相拥有
真心的爱需要岁月酿就
这一个纪念日就让它天长地久

爱你的人
——联合国关爱艾滋儿童主题曲

有过蓝色的梦
有过美丽的期待
却只能面对这命运的安排
多想看日出
多想看大海
亲爱的朋友们啊
我总是担心未来

有过蓝色的梦
有过美丽的期待
坚强地面对着命运的安排
一起看日出
一起看大海
亲爱的朋友们啊
我们会与你同在

捧起你的脸
请接受我们的爱
人间有泪也会有关怀
让心打开
是真情牵动所有的血脉
感动世界
只为生命而存在

爱你的人
就叫红丝带

第八辑

能有几次我这样的爱

能有几次我这样的爱

你是不是感到有些冷
为什么不愿走进这扇门
我的期待里储存了许多温存
你却在门口转身

你是不是应该有个吻
烫热你紧紧关闭的双唇
付出的一切其实你早已了解
我只是爱你太深

能有几个你这样的人
让我苦苦地等了又等
能有几次我这样的爱
爱得心中满是伤痕

我是不是爱得太认真
才这样反反复复地追问
你是否明白你是我生命之中
最美丽的一部分

用我的真情暖暖你的手

有些话其实谁都不必说出口
有些路只留给我们一起走
有些风景能让人变得很可爱
有些天气会使人变得很温柔

有些事其实谁都不必太在意
有些泪只能够我们一起流
有些浪漫你也许无法再拥有
有些美丽需要我们一生去守候

不必追究彼此相识有多久
不必担忧往后日子怎么走
用我的真情暖暖你的手
天高路远你始终是我的唯一
我的全部、我的所有

愿你心里是一片空白

愿你心里是一片空白
没有歌声,没有色彩
只有那漫长的等待

愿你心里是一片空白
没有幸福,没有悲哀
只有那寂寞的徘徊

愿你的心里是一片空白
让我的阳光来把你覆盖
愿你的心里是一片空白
让我给你爱的情怀

你的心总是最新的请柬

你难以忘怀的脸
把从前的我改变
你给我的梦想总是好暖好暖
在每一个夜晚

你难以忘怀的眼
让我有许多明天
你扶我的双手总是好烫好烫
在每一个车站

你的爱总是最真的情感
留下岁月美丽的思念
你的心总是最新的请柬
牵着我走到永远

思念不会有假期

守候在漆黑的夜里
等你的声音响起
只是为什么匆匆抓起的电话
那端却不是你

守候在漆黑的夜里
把你的烛光点起
只是为什么匆匆走过的身影
从来都不是你

我的眼泪在昨天下成一阵雨
思念永远不会有假期
月下的你,折叠的梦
今夜是否都在信箱里

蜜　月

我要在你的睫毛里
珍藏起相思的雨季
我要在你的嘴唇里
收集起生活的美丽

我要在你的世界里
让所有梦想都甜蜜蜜
我要在你的生命里
让一切岁月都相偎依

让我和你在一起永不分离
让歌声唱老那风风雨雨
让我为你高举起金黄的祝福
让千年的酒醉在这蜜月里

蓝花伞

肩上小小的蓝花伞
撑起我蔚蓝的童年
收起来是一团美丽的梦幻
打开来是天真的笑脸

手中小小的蓝花伞
撑起我蔚蓝的初恋
旋转起来是甜蜜的誓言
放下来是温柔的诗篇

雨季里给了我一片蔚蓝的晴天
烈日下给了我一片蔚蓝的荫凉
蓝花伞呀给了我多少蔚蓝的思念
蓝花伞,藏起多少秘密在心间

浪漫年华

终日里无忧无挂
多情是手中吉他
清风明月本无价
最浪漫是海角天涯

带着真诚去寻求回答
积蓄的爱情也需要表达
不曾想过梦境到底是真是假
只知道弹起吉他
把情话都唱给他

东奔西走我不怕
哪管它淡饭清茶
只要是有一把吉他
只要是有我有他

明天的你走不走

那一天很累很累的时候
你的手轻轻放在我额头
不敢睁开我的眼
只怕此刻的温柔
从此以后不再有

很想问你爱我还能爱多久
你不会懂得我的心
只为你生病为你瘦

很想问你爱我还能爱多久
你不会明白我的泪
只为你咽下为你流

好喜欢坐在身边的那种感受
好喜欢静静靠在你胸口
看你买来的鲜花
听你呢喃的问候
明天的你走不走

午夜的时候

午夜的时候
静静漫步在街头
天上的星星
为什么滴落的都是温柔

午夜的时候
紧紧挽住你的手
告诉我潇洒的眼睛
为什么流出的都是酒

如果说爱情天长地久
这一刻我已足够
如果说明天会有忧愁
就让我们默默接受

在午夜的时候
从来没想过回首
就让这燃烧的梦想
为我们延伸到黑夜的尽头

写 你

不明白在哪里
我开始无意地写你
也许太阳已经升起
我却在掩饰自己

不明白在哪里
我开始无奈地写你
也许下雨不是泪滴
我仍在老地方等你

可是你为什么总说你只是平凡的血肉之躯
可是你为什么不珍惜浴血沙场的勇气
轻轻抚平过去留下的伤痕
这最后一页就让我们从头写起

爱情备忘录

得到时毫不在乎
失去时偷偷痛哭
爱情为什么看管它不住
初恋的心又聪明、又糊涂

昨天该怎样评估
明天又怎样握住
爱情会不会简单重复
天真的心不明白、不清楚

和太阳订一份青春的合同书
和月亮签一份爱情的备忘录
爱情不该是善变的脸谱
年轻的心别任性、别迷误

恋爱岁月

看看你的掌心有许多边界
是否构思过许多的白天和黑夜
头上是天，脚下是地，前后有风和雪
你晃晃悠悠说你的感情常常被打劫

听听你的故事有许多情节
是否你善于把握住激动和冷却
有时想笑，有时想哭，有时想被理解
你挑挑拣拣，却不想知道我的感觉

恋爱是不是一些难熬的岁月
只是别人为什么都谈得很专业
是不是我或者你多少有些特别
否则为什么至今还不明白爱字该怎么写

午夜的期待

午夜的期待
是忽明忽灭的情怀
被你抚摸过的心
守候着你的到来

午夜的期待
是久久不息的徘徊
为你心跳的梦
会不会把你伤害

我在午夜里等待
等你像一首歌轻轻飘来
我在午夜里徘徊
该不该说出心中所爱
许多的相思,许多的无奈
这份爱什么时候能让你明白

把不肯装饰的心给你

繁华之中留些情感的真迹
风雨过后才会珍惜平淡的美丽
悠悠岁月，匆匆步履
有多少往事你能记得起
一点坦率，一腔善意
认认真真在尘世中来去

把不肯装饰的心给你
给你真心的笑容真心的哭泣
把不肯装饰的心给你
年轻只有一次别轻易抛弃

禅

面对着你默默相对无言
拈花的手指牵动我的视线
会心一笑
留住多少岁月
千百个春天绽开在这一瞬间

风起风静月缺月圆
你的笑让我领悟了你的禅
曾经为你苦苦等待的那个夜晚
其实就在身边，我却不曾发现

天长地久只是一份情缘
这朵鲜花我会永远珍藏在心间
你的笑、你的禅，一份爱、一份缘
你的笑我会永远珍藏在心间

那天晚上

有一个晚上不能忘
有个月亮在荡漾
有个约会走过来
停泊在金色小池塘

那天晚上的柳哨已吹响
轻轻地落在你身旁
那天晚上你笑脸多灿烂
把幸福靠在我肩上

有一个晚上怎能忘
有个月亮在摇晃
有一个约会走过去
消失在茫茫小路上

那天晚上的秋水望不断
却不见你在我身旁
那天晚上的蛙声也忧伤
只留下怅惘在心上

子　夜

子夜的风
吹不动你凝固的眉宇
子夜的雨
淋不透你古怪的神秘
小小的阁楼里
曾经藏过多少的故事
明灭的香烟
喷吐出多少的思绪

就让我和你去收集爱的足迹
穿过小巷
倚着墙壁
想象世界是这样的美丽

默默地看
看你举起岁月的手臂
静静地听
听你温暖的呼吸

最近你好不好

我是一张邮票
贴在心的右上角
我是一件挂号
怕你没有收到

相爱的岁月是一份晚报
伴你度过每一个良宵
苦苦的思念是一个怀表
提醒你要珍惜这分分秒秒

最近你好不好
是否少了些烦恼
我的问候是不是能把你拥抱

最近你好不好
是否还有些疲劳
请你记住我和你在一道

相信你总会被我感动

是否应该让真情流露
是否应该把所有的话说出
是否应该忍住胸口的痛楚
是否应该留住迈出的脚步

不要让我等待得太久
别让夜色把心情染成孤独
一遍遍在无人处把手伸出
总有一天你的心被我握住

今天的我应该和以前有些不同
今天的你为什么却还是满不在乎

相信你总会被我感动
真心的爱你看得懂
相信你总会被我感动
我会等你在风雨中

红月亮

很久以前有过一个红月亮
多少次涂抹在我日记上
在一起走过的那些夜晚
夜晚是这样荒凉

很久以前有过一个红月亮
多少次停泊在我肩膀上
在一起走过的那些道路
道路是这样悠长

你是不是我心中那一个红月亮
抚平我所有的忧伤
你是不是我心中那一个红月亮
伴我走尽没有梦想的地方

爱情的另一面

我曾经拥有你
在那个柔软的瞬间
你留下的那句话
决定了我的初恋
从此以后
我无法忍受所有的孤单
从此以后我才明白
爱情除了缠绵
还有另一面

我曾经告别你
在那个沉默的冬天
你带走的那句话
变成了我的梦魇
从此以后
我无法忍受所有的再见
从此以后我才明白
爱情除了欢乐
还有另一面

云

想为你画出那童年的情怀
纯真的云儿没有飘过来
吹一支牧笛我苦苦地等待
等待是否应该

想为你写出那少年的坦率
热情的云儿没有飘过来
悄悄地唱支歌我久久地徘徊
徘徊是否不应该

也许一切都没变
也许一切已更改
依然是默默等待默默地徘徊
怕云儿不再飘来

喜结良缘

——"世纪婚礼"主题曲

和你一起走过长长的红地毯
为了这一天我们走了多少年
从此后无论海角与天涯
比翼双飞你我心不变

和你一起饮尽甜甜的交杯酒
这一份情感已经酿了多少年
从此无论酷暑与寒冬
白头偕老你我到永远

面对着天和地
许下一个愿
深深的一个吻让两个喜字长相连

相爱的浪漫
相守的信念
喜结良缘的这一刻已成永恒的经典

光　阴

把黑夜关在屋子里
触摸自己静静的呼吸
回忆是一种很酷的刑
拷问着过去

除了祝福你
没有别的话题
任时间一圈圈地老去
你却依然美丽

嘀嗒嘀嗒时钟敲得那么痛
一遍一遍反复把往事重提
嘀嗒嘀嗒光阴总是转个不停
一年一年墙上还是你的日历

想你的夜晚没有你

雨打在我脸上
洗刷着你的耳语
风卷起了雨伞
卷起残存的痕迹

心依然在街上
反复地走来走去
爱已经被放逐
伸出双手握不住你

想你的夜晚没有你
这一种感觉太熟悉
想你的夜晚没有你
只有一往情深的自己

分手的时候留一个吻

无人的街道感觉有些冷
伴我只有一盏灯
该到哪里找到一扇门
关住昨夜的温存

你带着一种酒后的苦闷
就像一个无助的人
该到哪里找到一个梦,
装下今夜的灰尘

分手的时候留一个吻
安慰彼此冰冷的唇
分手的时候留一个吻
温暖心头的伤痕

风中的无脚鸟

（白：传说中有一种鸟叫无脚鸟，因为它没有脚，所以只能不停地飞、不停地飞……我常常觉得，我，还有很多在生活中不停地奔波的朋友们，就是那只无脚鸟……

我的心中有一个凄美的传说
风中一只无脚鸟静静地飞过
你的翅膀这样疲惫，你的身躯如此单薄
没有脚的鸟儿啊，谁知道你的苦涩

都市乡村你总在不停地奔波
什么时候有一个能喘息的窝
你的惶惑谁来解脱，你的心灵谁来抚摸
没有脚的鸟儿啊，谁了解你的寂寞

看河水清又浊，看太阳起又落
穿越过寒热你高高地飞翔
独自承受悲欢与苦乐

你爱得这样执着，从不让泪水滴落
守护着那一份最初的承诺
唱着自己的歌、自己的歌……

或 许

你或许记得我
你或许记得我的寂寞
你或许早已忘记了我
你或许比我更寂寞

你或许太懦弱
你或许太过于妄自菲薄
你或许性格偏颇
你或许根本就难于捉摸

你或许不懂得爱又偏要去爱
你或许已经得到却又逃脱
你或许是存心捉弄我
你或许从来就爱的不是我

远去的云

那一抹渐渐远去的云
为什么总要牵动我的心
就算你带走了一个故事
也不必热泪满襟

那一抹渐渐远去的云
为什么总要扰乱我的心
就算你带走了一段回忆
也不必苦苦追寻

悄悄来、悄悄去
不留下一点的回音
默默走、默默行
从当初飘到如今

那一抹渐渐远去的云
为什么总要迷乱我的心
就算你带走了一个结局
又如何让我相信

他年他乡他和她

昨天屋檐下
牵手的他和她
两颗童年的心
围拢成一个家

那一场大风沙
让青春都长大
分手的那一刻
才懂得什么叫牵挂

他年他乡他和她
水中的月、雾里的花
想好了许多该说的话
却又不敢走近她的家

他年他乡他和她
陈年的酒、新沏的茶
锁起了许多美丽的梦
留一份宿醉在天涯

没有家的人

很小的时候
家已是一种遥远的温存
被辗碎的父爱和母爱
暗淡灯下的孤枕

一双无奈的泪眼
就像一扇锁住孤独的门
那张褪色的全家福
能不能留下往日的天真

很早的时候
家已是一种苦苦的追寻
走不完的天涯和海角
遮天蔽日的红尘

一副柔弱的肩膀
就像一朵无依无靠的云
匆匆忙忙的脚步啊
请为我刻下今天的年轮

没有家的人
在没有家的地方生存
没有家的人
在没有家的夜晚浮沉

没有家的人
期待着一双温暖的手
挡住风、挡住雨
为我抚慰所有的伤痕

明信片

总要和你挥一挥手说再见
总要和你故作潇洒把头点
你不要哭泣，你不要呜咽
这月台是分别的纪念

总要和你写个诺言在舷窗
总要和你画个笑脸在天边
撕破茫茫云烟，传递美丽的忧伤
这飞机是苦恋的明信片

这永远的思念
这思念的天堑
还要飞过多少的岁岁年年
这永远的抱歉
这抱歉的泪眼
还要重复多少遍

月 儿 圆

常在风中写上你的名字你的赠言
常在雨中画上你的眼睛你的笑脸
常在夕阳下爬上山巅
遥望你离去时的滚滚风烟
常在暗夜里铺开信笺
让思念的星光在心里蔓延

不知道望断多少来来去去南飞雁
不知在梦里喊过多少遍
这一团恩恩怨怨
何时才能补得月儿圆

夜　莺

我常想起一只小夜莺
它曾栖息在我的心灵
我微笑，为了它的美丽羽翎
我歌唱，为它可爱的眼睛

在一个静穆的夜晚里
它悄悄离去，没留下一点声音
只留下一串寂寞
飘进我纯真的梦境

我把失望告诉微风
告诉夜晚的点点流萤
白云是我纯洁的思念
带着绵绵的柔情

我怕看月亮、怕看月亮
月亮里或许有你的身影
我怕看星星、怕看星星
那是我过去零碎的脚印

想飞就飞，你该飞就飞
我留不住翱翔的心
我只想听一支告别的歌
哪怕只是一声低鸣

等你千百个秋

等你千百个秋
把伤痛刻在胸口
每个夜晚匆匆的电话
说不尽许多愁

等你千百个秋
无奈是梦醒时候
你的温柔依然温暖我的手
心头热泪还在流

爱你想你何时再聚首
孤孤独独眼前又是秋
一片痴情,天长地久
我等你到白头

车　　站

有过许多打成死结的思念
连成一串数不尽的铁路线
每个死结都是思念的车站
每一个车站都是分别的一阵心酸

有过许多分手时候的誓言
化成一声汽笛回绕你身边
不是为了逃避也不是梦想
每一个车站都是远方的句句呼唤

望断天涯唯有铁路望不断
擦干泪眼唯有思念擦不干
让我把这笑容留在你的脸
人间离别寻常事怕什么岁岁年年

告别在车站里告别在你的臂弯
让情感沿着铁轨去蔓延
告别在车站里告别在你的臂弯
又一次重复再见

路途茫茫重重山
风狂雨也寒
这片情永远留在天地间
云烟茫茫心不变

眷恋一线牵

任那点点残星洒落双肩

沉默的眼睛

不知你能否相信自己
能够永远忘却那风风雨雨
那少年的荒唐虽然已经逝去
这沉默的眼睛
却难以再彼此轻轻说声不在意

不知你能否证明自己
已经永远告别了过去的你
那年轻的许诺虽然了无痕迹
这沉默的眼睛
却总是晃动着覆盖不住的回忆

不曾企求你和我依然默契
也不曾说我依然等待着你
只愿你不要再为相逢叹息
让沉默的眼睛稍稍多些笑意

守 夜 人

冷冷的街,淡淡的灯
这个夜晚还有多少扇未关的门
用一个梦安慰着自己
安慰所有找不到家的人

期待的脸,紧闭的唇
这个夜晚还有多少次苦苦的等
用一份情温暖着自己
温暖所有疼爱明天的人

守夜的人何须反复地追问
每个清晨都会有一些新闻
守夜的人不妨送出一个吻
融化心中所有的伤痕

紫红色的回忆

帷幕已关闭,歌声已静寂
伴我只有紫红色的回忆
你已经离去,留下一个谜
不知道是开始是结局

手中的话筒,陌生又熟悉
多少次把心声传递给你
你曾为我狂喜,你曾为我哭泣
歌声里这世界多美丽

今夜里把爱情捧给你
你可领略得出歌中的秘密
有多少花朝月夕,有多少风和雨
这段旋律曾伴我们把幸福苦苦寻觅

帷幕已关闭,歌声已静寂
伴我只有紫红色的回忆
你已经离去,只留下一个谜
不知道是开始是结局

和谁说珍重

已经错过再也难相逢
已经失却便是一场空
听那夜雨声
敲得你心头痛

一把雨伞撑起夜迷朦
夜空迷朦不见你影踪
只有老挂钟叮咚叮咚
碰弯了小胡同

风雨中淋湿过多少的情衷
风雨中和谁说珍重
你来也匆匆,你去也匆匆
留下一个不醒的梦在我思念中

雨 夜 花

告诉我爱做梦的心渴不渴
告诉我没有家的人多不多
花一样的年龄，花一样的寂寞
这种感觉说不破

我的忧愁总是比快乐多，花开也是错
这世上会有哪个人能在雨夜温暖我
我的明天总会比昨天多，花谢算什么
像这样凄美的风景别错过

喜欢在流泪的时候唱着歌
不在意路上有多少的过客
期待一双你的手
又怕你的抚摸
让我的心更脆弱

就让我自己走

挥挥手说声再见就让我自己走
风也好雨也好我不会低下头
感谢你曾为我动情地拍过手
多少年的泪水今天就让它尽情地流

这支歌不知能否掩饰昨天的颤抖
这片情留给你愿你能默默接受
原谅我记不清所有顺风的时候
只梦想疲惫时还能够逆水行舟

挥挥手说声再见就让我自己走
笑也好哭也好我不会低下头
融化了的风霜还在孤独的肩上停留
擦干了的双眼已重新把热情拥有

告诉我你不再为我悄悄地担忧
告诉我你能理解我苦苦的寻求
只要你可爱的脸能给我一点点温柔
这流浪的心就已经感觉到天长地久

仔细看你

仔细看着你
还是从前那样的笑意
一别许多年居然没有能把我忘记
想想那一次别离
那一次的你

仔细看看你
还是以前那样的熟悉
只是我不能解除彼此心灵的距离
你并没有意识到被你伤害的泪滴
怎样流淌在我的心坎里

仔细地看一看你
在褪色的岁月中看你
虽然我明白一切都是遥远的过去

仔细看一看你
在伤痛后的今天看你
我会告诉自己永远不再哭泣

盲 夜

把自己关在屋子里
灯光是我幽幽的叹息
等待是一种很酷的刑罚
可是我愿意

今夜他一定会来
我一遍遍安慰着自己
爱情被烫出很高的伤疤
可是我愿意

嘀嘀嗒嗒的时间打得我好痛
没人相信的理由只有我能懂
是不是恋爱的人都这样难以理喻
哪怕是美丽的悲剧我也愿意

百般的温柔他会不会在意
他来的时候我会不会哭泣
我的心已经为他流过很多的血
盲夜的等待，我愿意、我愿意、我愿意

所有的黑夜都让我拥有

我的一切都让你带走
我会记住你留下的问候
彼此相处的岁月虽然不太久
我已让你留宿在我的心头

你的一切都让我承受
我会分担你的忧愁
何必在意这次分手究竟有多久
我已把爱刻在胸口

为你摘下昨夜的星宿
送你在天亮的时候
所有的黑夜都让我拥有
只要你真心依旧

把我的心留在昨天

黑白的琴键

颤动的琴弦

再次把旧调重弹

想一想你的脸

褪色的岁月

无言的空间

再次收拾旧照片

想一想从前

把我的心留在昨天

能不能在日历上再撕些遗憾

把我的心留在昨天

能不能在你面前再说声抱歉

让我带走你的爱

不说苦辣,不说酸甜
也不说褪色的昨天
只要你能够握住我的手
传递些从前的温暖

不说抱歉,不说遗憾
也不说是否能再相见
只要我能够看看你的眼
拥有这激情后的平淡

就让我带走你的爱
在不见你的地方
擦亮你点燃过的灯盏

就让我带走你的爱
在梦见你的时候
慰藉所有的思念

已经发生的故事
多少总会被遗忘
你的爱我会珍藏在心间

曾经唱过的歌谣
多少还会被留恋
你是否也能想我到永远

和自己散步

挑一件你喜欢的衣服
和自己去散步
这个夜晚很晴朗
像我现在的心情

有一丝回忆隐隐约约
风一样捉摸不定
踩着自己的影子
只有它不会被遗失

真想有一个男人的声音
柔柔地在耳边低语
我会轻轻地闭上眼睛
守护住这心醉的感觉

和自己去散步,跟路灯聊聊天
我知道我可以走得很远
可我和别人一样,还是要往回赶

今天不上班

一睁眼已经日上三竿
不上班的梦有些香甜
让自己轻松是一种境界
说起来容易，做起来难

该不该给他打个电话
一个人毕竟有些孤单
和过去分手是一种宿命
办起来很快，想起来很烦

大街上的招牌多如云烟
哪一间是我想去的商店
窗外面的声音熙熙攘攘
哪一张是我想听的唱片

今天不上班，今天不用上班
难得浮生一日闲
今天不上班，今天不用上班
给自己一点时间想想明天

做一个好梦

还以为看你一眼就把你看穿
还以为别人的话都是一些谎言
身边的故事有很多
结局都没改变
今天的我该把怎样的角色扮演

情人间总要有些缠绵的誓言
为什么你却不曾把我放在心间
唱过的情歌有很多
烛光它还在闪
今天的你怎样面对那间咖啡店

做一个好梦,别再说疲倦
留一份情感,记下我的无眠
漂泊的心路,找不到终点站
握别的夜晚,你已走了很远

第九辑

我的吉他

我的吉他

你是我池塘边一只丑小鸭
你是我月光下一片竹篱笆
你是我小时候梦想和童话
噢你是我的吉他

你是我夏夜中一颗星星
你是我黎明中一片朝霞
你是我初恋时一句句悄悄话
噢你是我的吉他

你是我沙漠中一串驼铃
你是我雾海中一座灯塔
你是我需要的一声声回答
噢你是我的吉他

四月,年轻的你

那四月里的调皮
那四月里的淘气
像捉迷藏的风,无忧无虑
飘动在你的黑发里

那四月里的活力
那四月里的生机
像奔跑的阳光,无牵无挂
跳动在你的眼睛里

在四月里没有哭泣
只有甜蜜的雨季
在四月里没有孤寂
只有宁静的默许

那四月里的美丽
像唱不完的歌
一字一句
全都是年轻的你

潇洒的心

没有你的地方,画一双脚印
纪念一次情感的追寻
望着你的背影,不愿伤心
至少我曾和你到如今

没有你的夜晚,留下灰烬
证明一次青春的骄矜
不管你会不会再度来临
至少我曾分享你的光阴

潇洒的心,潇洒的人
把年轻当作一片不羁的云
潇洒的心,潇洒的人
把沧桑当作一次痛快的豪饮

年轻的感觉真好

找一个起风的清早
玩一回潇洒的心跳
给自己写一张寻人启事
别让青春轻易潜逃

找一条高速的车道
和时间来一次赛跑
给自己开一张爱的收据
证明青春不会老

年轻的感觉真好
你是不是像我一样骄傲
年轻的感觉真好
我们的心飞得越来越高

年轻的感觉真好
你是不是和我一起拥抱
年轻的感觉真好
我们的路不要回程车票

这种感受你有没有

将一份阳光留在你胸口
牵着你走过少年时候
年轻的心总是需要一些关怀
这种感受你有没有

一天天长大,没想过回头
有你的岁月山清水秀
年轻的梦,总是伴着一些温柔
这种感受你有没有

平平淡淡地握住你的双手
平平凡凡地站在你的背后
年轻的我不会苛求太多朋友
有这一份真感情已足够

年轻总要梦一场

牵着你的手,靠着你的肩
好像是过了许多年
风儿吹着你,夕阳暖着我
明天天气变不变

看着你的眼,吻着你的脸
给你听一张新唱片
情感太掩饰,路程太短暂
岁月带不走这一天

年轻总要梦一场
真心真意爱一遍
不必诉说从前
不必发誓到永远
只要有你在身边

开心 party

又一次和你不期而遇
又一次和昨天擦肩而去
给时间留点空隙
送一个梦给自己

和欢乐相约在这里相聚
漫不经心走过每个雨季
给今夜留点轻松
送一份爱给自己

每颗心都需要有个假期
每一天都有个开心 party
找呀找呀找个朋友
找到一个关于我的好消息

青春脚步

少年汹涌的情怀
像那雪崩留不住
少年满怀的心事
不知道对谁去宣读
迷茫的风、迷茫的雨
迷茫的是青春的脚步

每个纯洁的梦幻里
都有不尽的未知数
每个真诚的心灵里
都有着温暖与孤独
烦恼的你、烦恼的我
烦恼的是青春的脚步

青春脚步,我的目光为你追逐
青春脚步,我的吉他为你倾诉
喔,青春脚步,在生活的峡谷
穿破了多少流云和雨雾

你的黑发是瀑布
飘扬在高高的山麓
你的眼睛是星星
牵引着夜晚的羡慕
你的热情、你的丰富
凝成一个古老的祝福

每条陌生的路途
都有青春的脚步
每张熟悉的脸庞上
都有着生活的峡谷
你的庄严、你的肃穆
铸成一座青铜的雕塑

青春脚步,我的目光为你追逐
青春脚步,我的吉它为你倾诉
喔,青春脚步,在生活的峡谷
只有开始没有结束

就让我们青春的脚步
像那太阳照亮这峡谷
走向明天的归宿

为我们骄傲

古铜色的阳光在高原上奔跑
你拥有多少青春的自豪
那洁白的三角帆已告别了风暴
你拥有多少自信的微笑
让明天为我们骄傲

柠檬色的波涛在冰河下呼啸
你拥有多少迷人的线条
那绿色的驼铃在沙漠里轻摇
你拥有多少梦境的美妙
让明天为我们骄傲

明天属于你,明天属于我
明天属于我们
明天为我们祈祷

让我们紧紧拥抱
让我们放声欢笑
让永恒的明天为我们骄傲

我不再等待

既然帆儿已经吹破
又何必常在风中徘徊
既然船儿已经搁浅
又何必祈求潮汐归来
砍一把古藤扣在青春的肩膀
纤索里自有那江涛的澎湃
如果所有的意念都需要表白
就让我来告诉你
我不再等待

既然帆儿渴望升起
又何必询问是否应该
既然船儿渴望起航
又何必在乎多少阻碍
把一束目光交给远方的风暴
脚步里自有那阳光的豪迈
如果所有的愿望都需要公开
就让我来告诉你
我不再等待

青春作伴

月色阑珊的夜晚
究竟几人清醒几人醉
做过的事别管对不对
想走的时候别问累不累

年少从来不后悔
纵然梦想沉重难高飞
多少愁烦都在行囊中
不怕夜路崎岖不怕黑

青春作伴,有谁能给我一些安慰
陪我一起哭,伴我一起醉
一起痛痛快快疯一回

青春作伴,有谁能让我可以依偎
酷暑和寒冬,天南与地北
含笑带泪共举杯

给我一张无遮无拦的脸孔

给我一张无遮无拦的脸孔
让我看你的时候感到轻松
当我为你伸出发烫的双手
你会不会交出所有的伤痛

给我一张无遮无拦的脸孔
让我看你的时候感到光荣
当我对你说出最后的选择
你会不会交出所有的笑容

给我一张无遮无拦的脸孔
让我闭上眼睛也能够把你读懂
给我一张无遮无拦的脸孔
让我能够从此走进你心中

明天的杰作

总是一天又一天接受着你多变的脸色
仿佛从不知道失恋不可能想像成一种可爱的幽默
其实谁都明白应该怎样自由自在地享受生活
只不过既然爱上你当然不能轻易再错过

无论如何我们都会笑得很洒脱
想不清的是笑完了会有怎样的后果
再看一看脚下越擦越亮的皮鞋
开开心心地等待下一次的奔波

该说的还得继续说
该做的还得努力做
一遍遍提醒自己
你是明天的杰作

总是一年又一年低下头默默地工作
仿佛从不知道虐待自己是一种难以原谅的罪过
其实谁都知道应该怎样无忧无虑地享受生活
只不过想要有出息只能放弃一些快乐

无论如何我们都会笑得很洒脱
想不清的是笑完了会有怎样的后果
再摸一摸头上越来越长的头发
日日夜夜地期待下一次的收割

该说的还得继续说
该做的还得努力做
一遍遍提醒自己
你是明天的杰作

十六岁的年龄

十六岁的年龄，十六岁的眼睛
十六岁的世界不会有安宁
十六岁的心灵，十六岁的歌声
十六岁的梦境是数不完的星

十六岁是一阵慌乱的雪崩
十六岁是一个湿润的黎明
十六岁是一片朦胧的帆影
十六岁是一条告别童年的小径

十六岁是一场惊险的电影
十六岁是一本明星的签名
十六岁是一阵大人的唠叨
十六岁是一座迪斯科的舞厅

十六岁是一条优美的牛仔裤
十六岁是一句看不懂的座右铭
十六岁是一个上了锁的小抽屉
十六岁是一封让人脸红的情信

十六岁是一张未来的纲领
十六岁是一串否定的否定
十六岁是一个塞满的书橱
十六岁是一张无法遵守的协定

十六岁的年龄，十六岁的眼睛
十六岁的世界我们会适应
十六岁的心灵，十六岁的歌声
十六岁的梦境是青春的生命

不 要

不要给我编织一个美丽的梦乡
我要面对着真实的苍茫
不要给我画出许多诱惑的乐园
上帝其实并不在天堂

不要让我跟着你庄严地说谎
我只需要一个没有世故的脸庞
不要让我学着你爱得很发狂
情感其实每人都不一样

不要把一切都压在我的肩膀
我明白自己的份量
不要管世界上的事情有多么荒唐
只要有你在身旁

不要告诉我该走的路有多长
我喜欢的是你没走过的地方
不要告诉我你曾住在老树旁
你知道我不会向后望

黑白照片

黑白照片上有一个彩色的童年
黑白照片上有一张没有世故的小脸
照片上的孩子提醒我
已过了很多年
褪色的风景告诉我
如今不再是从前
对着镜子瞧一瞧自己的模样
是否一切都已改变
蓦然回首的眼里可还拥有当年天真的梦幻

黑白照片上有一个永远的童年
黑白照片上有一张无忧无虑的小脸
照片上的孩子提醒我
有过许多小伙伴
褪色的风景告诉我
岁月一去不复返
对着天空想一想自己的模样
还有什么不曾改变
蓦然回首的眼里能否忘记渴望长大的情感

假日我在路上等着你

翻过一页昨天的旧日历
擦亮灰色的花玻璃
星期天和青春有个约会
粗心的你是否忘记

拥有一次美丽的深呼吸
离开脚下喧嚣的闹市区
年轻的心情不再锁在抽屉里
找回阳光下的自己

假日我在路上等着你
带上梦想带上音乐和风衣
假日我在路上等着你
走向那片没有污染青草地

一 起 走
——广东青年志愿者之歌

伸出彼此的双手
传递心中的热流
因为爱,我们走到一起
身边到处都是朋友

世上有许多感动
人间有许多温柔
当风雨终于变成彩虹
付出就是一种拥有

一起走,不需要理由
一起走,把美丽守候
尽我所能,无取无求
笑脸如花,盛开到永久

在一起

——文艺志愿者之歌

拥抱着蓝天,脚踏着大地
有一种追求叫做不离不弃
奔走的身影,暖心的旋律
共同的爱把你我连接在一起

奉献和付出,义务与权利
这一种诺言需要毕生相许
社会的需求,大众的快乐
共同的梦让你我欢聚在一起

在一起,我们在一起
薪火传承,永不停息
在一起,我们在一起
艺术的光芒,燃烧在心底

第十辑

秋千

秋　千

树上有个童话在摇呀摇
树上有段记忆它飘呀飘
树上有个秋千在睡午觉
树上有个知了在叫呀叫

让我为你轻轻地唱首歌
让你为我再把这秋千摇
虽然往事已经是那样飘渺
那片阳光依然在蹦蹦跳跳

尽情地摇，尽情地笑
秋千上的岁月在拥抱
尽情地摇，尽情地笑
秋千上的夏日在燃烧

摇呀摇，尽情地摇
尽情地笑，摇呀摇

三个和尚

一个和尚挑呀么挑水喝
两个和尚抬呀么抬水喝
三个和尚没水喝呀没水喝
你说这是为什么呀为什么

为什么那和尚越来越多
为什么那和尚越来越懒惰
为什么那长老也不来说一说呀
睁着眼闭着眼只念阿弥陀佛

大和尚说挑水我挑得最多
二和尚说新来的应该多干活
小和尚说我年幼身体太单薄呀
白胡子的长老说我年老不口渴

从此以后和尚都不挑水喝
不挑水的日子还是一样过
谁也不用奇怪也别问为什么呀
几千年的奥妙谁也不会说破

马 兰 谣

青山一排排呀
油菜花遍地开
骑着那牛儿慢慢走
夕阳头上戴

天上的云儿白呀
水里的鱼儿乖
牧笛吹到山那边
谁在把手拍

这里是我的家
这里有我的爱
爷爷说过的故事
我会记下来

这里是我的家
这里有我的爱
外婆唱过的童谣
我会把它唱到青山外

老　爸

我有一个亲亲的老爸
每天送我上学接我回家
我是你心头的肉手中的宝
你愿意为我把月亮摘下

我有一个操心的老爸
怕我吃不饱怕外面风雨大
我是你所有的歌所有的梦
你愿意为我把什么都放下

老爸、老爸爸爸爸别为我牵挂
我只要你分多点爱给妈妈
老爸、老爸爸爸爸女儿已长大
我们一起拥有一个幸福的家

我不是你的宠物狗

你总是把我当成宠物狗
怕我太冷,又怕我太瘦
只想把我捧在你的手心里
又乖又漂亮,让你爱爱爱不够

你总是把我当成宠物狗
怕我迷路,怕我摔跟斗
只想把我拴在你的绳子上
又乖又听话,让你炫炫炫炫炫个够

我不是你的宠物狗
天天活在你的梦里头
路有多远,心就有多大
我不会变成一头大怪兽

我不是你的宠物狗
让我自己决定怎么走
路有多宽,心就有多美
只要你愿意放开你的手

鸟　语

几只小鸟在枝头嬉戏
叽叽喳喳不曾停息
我想和它们一起玩耍
可是我却听不懂那些鸟语

你们玩得这样亲密
就像家里的姐妹兄弟
我想和你们交个朋友
可是我却不会说那些鸟语

小鸟小鸟你跳来跳去
没有人会惊动你的天地
蓝天和绿树都为你存在
我会在你身边默默守护你

小鸟小鸟你飞来飞去
这世界因你而更加美丽
哪天我学会了爱的鸟语
我会把你请到我的梦里

可爱的蚂蚁

有一只蚂蚁，很勤奋的蚂蚁
每天忙忙碌碌，没有谁会注意
她有她的足迹，不管是南北东西
所有的追求，只为了不被抛弃

有一只蚂蚁，很渺小的蚂蚁
每天都很努力，不为成败在意
她有她的美丽，从不会羡慕妒忌
所有的骄傲，只为了新的自己

她只是一只蚂蚁，一只可爱的蚂蚁
她的辛苦你看不见，她的梦想谁能知悉

她只是一只蚂蚁，一只快乐的蚂蚁
我知道她还有许多姐妹兄弟在一起
就算看不清天空
可还有脚下温暖的土地

守株待兔

有个农夫他本来干活很勤快
从太阳爬上山直到月亮升起来
耕田呀插秧呀天天在地里转呀
每个秋天他都能收获到许多爱

直到有一天发生一点小意外
有一只野兔子它跑到地里来
一不小心它一头撞在大树上呀
那顿晚餐农夫他兔肉吃得很开怀

农夫他从此不再勤快
躺在那树荫下等那兔子撞上来
一天又一天那田地已荒废呀
可是他始终还在傻傻地等待

龟兔赛跑

年轻的小白兔很骄傲

存心和小乌龟开个玩笑

它知道小乌龟手脚不好

就非要和它比比赛跑

小乌龟点点头笑着答应了

慢吞吞走一步摇三摇

它知道输赢其实不太重要

关键是参与把自己赶超

小白兔加油小乌龟加油使劲使劲跑

小白兔加油小白兔加油胜利在把手招

小白兔一边跑一边笑回头看小乌龟已不见了

它看看天气还实在太早不如就在树底下睡个好觉

小白兔你知道不知道跑得快不等于把冠军拿到

就在你自以为必胜时候那奖杯已被你拱手送掉

小乌龟你好小乌龟你好你的志气高

小白兔记住小白兔记住以后别再骄傲！

南郭先生

气昂昂走进音乐殿堂

抓起了一只竽装模作样

南郭先生他附庸风雅

其实他本是音乐文盲

吹竽的共有三百人（三百人！）

听竽的是那齐宣王（齐宣王！）

南郭他只要姿势摆的很好看

就能混得很风光（哎哎哎混得很风光！）

可惜是好景不长（大事不好）

太子爷当了皇上（大事不妙）

它只要乐手一个个陪他玩

南郭只好去逃亡

从来是真金不怕火来炼

滥竽充数你能混多长

认真做人学点真本领

别学那南郭先生一个样

让人戳脊梁

东郭先生和狼

你说稀奇不稀奇
有人和狼称兄弟
东郭先生呀嘛骑毛驴
瞌睡打了呀嘛几十里

一只老狼正晦气
碰上猎人追得急
刚好碰上呀嘛老善人
好话说得呀嘛甜又蜜
老先生,好兄弟
把我救出去,永远感激你

东郭心肠软,赶紧跳下地
说一句(说一句)
别客气(别客气)
帮那老狼呀嘛忙扶起
藏进书袋里

做了善事心欢喜
东郭先生好得意
瞒过呀嘛呀嘛老猎人
放出呀嘛呀嘛狼兄弟

躲过劫难不容易

老狼舒了一口气
看着东郭先生白又肥
口水呀嘛呀嘛往下滴
老先生，好兄弟
好事做到底
让我吃了你

好心没好报
两腿抖得急
哎呀呀（哎呀呀）
哎呀呀（哎呀呀）
老狼你呀嘛不仗义
实在没教育

生死关头在此时
幸好有个农夫来下地
东郭赶紧拉他来评理
一把眼泪呀嘛一把鼻涕

农夫摇头表示怀疑
小袋子怎能藏住狼兄弟
老狼一听呀嘛着了急
一头钻进呀嘛书袋里

农夫他，笑嘻嘻
扎紧小书袋
打死狼兄弟

东郭先生你

糊涂又可气

是禽兽（是禽兽）

是兄弟（是兄弟）

你要呀嘛呀嘛分清楚

别害了你自己

主 角

童话的世界光怪陆离
穿越所有时间上天入地
用彩妆画出一张陌生的脸
Cosplay从来都是随心所欲

飞翔的梦想无边无际
不喜欢的东西一概屏蔽
做一个铁粉唱着偶像的歌
每个表情都深藏着许多秘密

卡哇伊,卡哇伊
卡哇伊,卡哇伊

我是主角,我是唯一
淘气年华总需要一些惊喜
我是主角,我是唯一
请相信我的未来
一定会比你们更加美丽

牵线的木偶

木偶，你的命运从来都握在别人的手
木偶，你的脸上从来只有一种表情在守候
木偶，你在舞台上炫目的灯光下不眠不休
木偶，你只是傀儡却成了孩子永远的朋友

那几根线牵着你，沉沉浮浮前后左右
那几根线牵着你，讲着故事粉墨春秋
你衣着华美光鲜亮丽、光彩照人养尊处优
可你没有灵魂、没有生命，其实你什么都不曾拥有

木偶、木偶，牵线的木偶
木偶、木偶，牵线的木偶

可我不是木偶、我不是木偶
我不是木偶、不是木偶

我不想扮演指定的角色
装得好像很享受
我只想有一个属于自己的未来
穿过天外茫茫的山丘

锦　鲤

蓝天下的锦鲤游来游去
红和白的颜色这样美丽
什么样的环境它都不在意
只需要最简单的水和空气

阳光下的锦鲤自由呼吸
尾巴摇来摇去无忧无虑
别人会说什么它都不在意
只需要有人关注有人着迷

锦鲤锦鲤锦鲤我的锦鲤
锦鲤锦鲤锦鲤我的锦鲤

我亲爱的锦鲤，活在你的世界里
每个人看见你都欢欢喜喜
我心爱的锦鲤，活在我的世界里
想什么有什么，天天带来好运气

爱唱歌的孩子

我要我要唱歌，我要我要唱歌

我要我要开心，我要我要快乐

我要唱歌（我要唱歌）

我要唱歌（我要唱歌）

我要开心（我要开心）

我要快乐

哦伊哦唱歌歌，哦伊哦唱歌歌

哦伊哦伊哦伊哦伊唱歌歌！

上课了、上课了！睁大眼睛竖起耳朵

上课了、上课了！打起精神去唱歌

爷爷说你别唱歌，烦死我你烦死我！

（哎呀呀，吓死宝宝啦~）

奶奶说你唱什么歌，回家去快做功课！

（嗯~拜托）

爸爸说你再唱歌，考不上名校你负责！

（哟！我不背这个锅！）

妈妈说你再唱歌，给你嘴巴加个锁

（不要嘛，有话好好说~）

不买零食我不馋，虽然口水流成河

不让吃饭也不怕，反正我不饿

其实有点饿、有点饿、有点饿、有点饿

饿、饿、我饿——

不唱歌我怎么活？不唱歌我怎么过？
不会唱歌的孩子算什么？算什么
算什么？算什么你算什么？算什么
（咦~）

哦伊哦唱歌歌，哦伊哦唱歌歌
哦伊哦伊哦伊哦伊唱歌歌！

爱唱歌的孩子你不要躲！
爱唱歌的孩子来排排坐！
爱唱歌的孩子你不会错！
爱唱歌的孩子哎~像星星一样多！

你——妈——喊——你——回——家——唱——歌——啦——

不曾遗失的童话

我们俩曾默默许下心愿去大海边，
我们俩曾偷偷相约去爬雪山

我们俩曾悄悄点起火把去寻梦幻
我们俩曾依依相会在银河边

多少年、多少年黄鹤一去不复返
长风吹尽了、吹尽了纸叠成的小船
多少年、多少年不知遗失多少诗篇
只留下你的笑脸、你的笑脸
还在这童话里面

想

小黑板上画过你
画得纯真又美丽
小树皮上写过你
写你在森林里

小裙子、小竹笠
不知什么是忧虑
总想和你走在故乡的小路上
和你永永远远在一起

小桥弯弯圈起你
圈在茫茫烟水里
白云悠悠牵着你
牵你在夕阳里

童年的风、少年的雨
不知什么是别离
总想把你藏在我的游戏里
和你永永远远在一起

濛濛细雨

濛濛细雨扑面来
好风好雨好情怀
悄悄钻进了小树林
躲开了老奶奶
大自然里跌跌撞撞无拘无束最自在
淋湿了头发甩一甩
弄皱了衣裳拽一拽
美丽的世界到处飘满濛濛的爱

濛濛细雨扑面来
好风好雨好情怀
树下的蘑菇儿任你采
山花儿任你摘
大自然里跌跌撞撞无忧无虑最自在
好风为你吹过来
好雨为你飘下来
美丽的世界到处飘满濛濛的爱

捉 迷 藏

风儿总是步匆匆
阳光总是暖烘烘
我们捉迷藏在森林中

鸟儿还在蹦蹦跳
泉水还在流淙淙
我们一转眼已无影踪

小伙伴请你不要躲进树洞
小伙伴请你不要藏进石缝
我要看见你那双真实的手
还有真实的面孔

碰碰车

用不着寻找安全地带
用不着总是东弯西拐
尽管碰过来
莫在这里大惊小怪

不怕死才是少年情怀
今日里正是冤家路窄
尽管碰过来
随它什么青红皂白

碰、碰、碰，碰碰车
碰出那非凡的气派
碰、碰、碰，碰碰车
碰出那战国时代

假如你是胆小如鼠你莫过来
这个世界男女平等公平竞赛
假如你是斯文谨慎你快躲开
这个世界只需要无畏的爱

碰碰碰，碰个石破天开
碰碰碰，碰个痛痛快快
碰开所有障碍
碰得快乐滚滚来

魔方世界

给我一块美丽的魔方
给我一个彩色的世界
也许是一个玩不尽的游戏
也许是一段唱不完的音乐
也许是一阵喷发出去的热烈
也许是一片珍藏起来的纯洁
年轻的心灵不懂得寂寞
只知道丰富就是我的一切

给我一块神秘的魔方
给我一个变幻的世界
也许是一本读不懂的哲学
也许是一段走不完的台阶
也许是一阵难以避免的错觉
也许是一种没有结束的理解
年轻的眼睛不懂得回避
只知道寻找就是我的一切

明天的图画
——广东儿童艺术基金会会歌

把我的马兰花,带回你的家
用你的爱去浇灌春秋和冬夏

把纯洁的童话,放飞在阳光下
用你的爱去温暖海角与天涯

你为我感动,我为你牵挂
真诚的童心拥抱着金色好年华

分清黑和白,辨认真和假
点燃起火把不害怕风吹和雨打

手拉手一起唱支歌
打开大门雏鹰要出发

心贴心一起做个梦
用翅膀描绘明天美丽的图画

飞飞飞

骑上了小小摩托车
戴上了大头盔
伸一伸胳膊弹弹腿
叫长城你别睡

加大了油门好痛快
要把那风儿追
长城上翻个筋斗
去未来走一回

跟着我飞飞飞
飞遍那千山万水
小朋友飞飞飞
像孙大圣那样威
跟着我飞飞飞
飞遍那东南西北
小朋友飞飞飞
天上人间一样美

外婆桥

摇呀摇，摇到外婆桥
摇呀摇，摇到外婆桥

外婆她开口笑
外婆在把手招
外婆编织的歌谣
还在风中飘

外婆桥、外婆桥
一桥童心一桥梦
温暖我怀抱

外婆已白了头
外婆已弯了腰
外婆给我的月亮
还照着青青草

外婆桥、外婆桥
一桥深情一桥爱
愿你永不老

一百零八条好汉

一百零八条好汉
围坐在聚义厅里面
一百零八条好汉
最喜欢是那庆功宴

一百零八条好汉
吃肉吃得大腹便便
一百零八条好汉
喝酒都喝得红了脸

一百零八条好汉
好几回差点儿走进阎王殿
一百零八条好汉
好不容易才熬到今天

一百零八条好汉
想不清往后会是啥模样
一百零八条好汉
轰轰烈烈过了一年算一年

一百零八条好汉
都占着一个小地盘
一百零八条好汉
都有着许多个小心眼

一百零八条好汉

全都是那星宿下凡

一百零八条好汉

都走不出这水泊梁山

第十一辑

当太阳升起的时候

当太阳升起的时候
——太阳神企业形象歌曲

经过无数个沉浮的春秋
满天的星星还在奔走
没有月亮的黑夜里
燃烧的地平线还在等候

穿过许多个曲折的山顶
东去的江水一样奔流
生长梦想的荒野里
张开手把世界拥有

当太阳升起的时候
我们走出桑田沧海
当太阳升起的时候
我们的爱天长地久

山高水长
——中山大学校友之歌

你是一个动人的故事讲了许多年
风里的钟楼,火里的凤凰,激扬文字的昨天
你是一支美丽的歌谣唱了许多遍
灯下的身影,清晨的书声,青春不老的容颜

你是一座高高的山峰矗立在南天
肩上的道义、笔下的风采铸成民族的尊严
你是一条长长的大江延伸到天边
甘甜的乳汁、芬芳的桃李连接四海的眷恋

山高水长,根深叶茂
上下求索,海纳百川
悠悠寸草心怎样报得三春暖
千百个梦里总把校园当家园

客商之歌
——广东省客家商会之歌

崇文重教，志在千里
四海为商，重德重义
城市乡镇刻下闪光的足迹
肩膀上挑得起阳光和风雨

诚信为道，知书达理
凝心聚力，无愧天地
春夏秋冬洒下勤奋的汗滴
手心里握得住命运和机遇

黄河的子孙，民族的骨脊
家国之魂，生生不息
商界的精英，弄潮的赤子
报国之梦，长留心底

"𠊎系客家人"，永远相亲相依
用真情创造一个个爱的奇迹
"𠊎系客家人"，携手共领天机
让世界见证一个个春的消息

温州之恋
——温州商会会歌

池上楼的青草,还那样碧连天
苍坡村的笔砚,写不完沧海桑田
永嘉的先哲,给你一双慧眼
人杰地灵的山川,让岁月醉了千年

雁荡山的男儿,坚强又豪爽
楠溪江的女儿,聪慧又明艳
包天包地的温州人,敢为天下先
纵横万里的路程,把乡情紧相连

温州之恋,恋得不休不眠
千百次回首都是你,青春的容颜
温州之恋,恋得荡气回肠
高飞的雁群把人字,延伸到永远

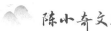

月下金凤花
——汕头国际大酒店形象歌曲

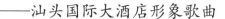

邀来一片如水的月色
洗净你旅途的风沙
千百张温柔的笑脸
带给你一个温馨的家

邀来一片如梦的月色
融化你思乡的牵挂
千百颗真诚的爱心
伴随你走遍海角天涯

国际大酒店,一杯月下的功夫茶
牵动着五湖四海的你我他
国际大酒店,一朵月下的金凤花
展示着潮汕平原的绝代风华

千年之约
——澜沧古茶形象歌曲

送给你一壶山和水
洗净了红尘与喧哗
为你收集了阳光和月色
把人间浓浓淡淡都放下

送给你一片天和地
品一品苦与甘的好年华
和你圆一个绿色的梦
心中的浮浮沉沉都是牵挂

一杯茶,一辈子
让这深情连起千万家
一生约,千年爱
暖了世界、香了春秋冬夏

泰山的骄傲
——泰山啤酒形象歌曲

气象万千的胸襟

把沧海桑田拥抱

无数次风雨中的登攀

矗立起十八盘壮美的路标

天上人间的爱心

酿出了甘泉万道

无数个金黄色的祝福

流淌成母亲河纯美的歌谣

会当凌绝顶

一览众山小

斟满阳光尝一尝

登峰造极的味道

知己遍天下

啤酒千杯少

荡气回肠是我们

泰山的骄傲

将 进 酒

——剑南春酒业形象歌曲

五花马，千金裘
为我换来这醉人的酒
情正浓，意正酣
邀一轮明月共相守

蜀道难，剑门陡
为我酿出这烫人的酒
曲未终，花未瘦
上一趟青天携手游

将进酒，将进酒
人逢知己千杯少
何必强说万古愁

将进酒，将进酒
他日天涯遥举杯
剑南春色为我留

酒　歌
——南台酒业形象歌曲

山水之间一杯酒
相约携手云里走
神清气爽洗胸襟
从此世上无烦忧

天地之间一杯酒
卧佛神泉长相守
迎面吹来稻米香
醉了千年春和秋

喝一口，南台酒
见面就是好朋友
陈酿的岁月甜又醇
一生一世品不够

喝一口，南台酒
客家情义暖心头
窖藏的山歌开一坛
今宵不醉不罢休

归 农
——归农集团形象歌曲

我要寻找一个静静的地方
闭上双眼感受自然的安详
离城市很远、离太阳很近
一切纷扰,都会晒成稻香和果香

我要回到那个来时的方向
脱下鞋子接受泥土的收藏
离霓虹很远、离星空很近
漂泊的心,只有这里才能安放

纯真的朴素的没有伪装的笑容
迷人的醉人的温暖如春的相拥
倾听万物生长,留下一份从容
放下、放空、放飞,我要归农

归农、归农,我要归农
归农、归农,我要归农……

(作词:陈小奇、蒋宪彬)

送你一床好梦
——慕思品牌形象歌曲

最爱是躺在妈妈的怀抱里
那里有我暖暖的幸福和甜蜜
水一样的柔情、月光下的童趣
多年以后依然是我珍藏的记忆

最爱是躺在自然的怀抱里
那里有我久违的蓝天和空气
闻不尽的花香、听不够的鸟语
洗尽喧嚣始终是我不变的寻觅

送你一床好梦,拥有舒适的天地
送你一床健康,感受生命的奇迹
这是我的祝福,也是你的期许
每个日子将因此而越来越美丽

(白)慕思最爱的就是你……

飞流直下三千尺
——三千尺矿泉水形象歌曲

引来天上清纯的泉水
洗尽你的胸襟你的心扉
穿过世间喧嚣的红尘
所有的渴望从此不再疲惫

送去一腔清爽的抚慰
滋润你的旅途你的梦寐
留住山间久违的风景
青春的感觉永远与你伴随

飞流直下三千尺
神采飞扬歌也醉
把岁月酿成飞瀑千杯
这一份甜美只愿你久久回味

四海之内皆兄弟
——孔子学院之歌

抑扬顿挫的声和韵

传递着语言的美丽

一笔一划的方块字

书写着如画的记忆

这一座长长的汉语桥

把五洲连接在一起

这一腔浓浓的情和意

告诉我们四海之内皆兄弟

（口白）来自四面八方的学员，彼此从陌生变得熟悉

这些春夏秋冬的日子，让未来变得越来越清晰

书香飘逸的课本，把古老的文化变得触手可及

不管是男女老少，我们的幸福就是学习学习再学习

（副歌）我们放飞手中白鸽带着梦想去寻觅

我们同享一个地球用爱传送春消息

修心治学共同拥抱和而不同新世界

走进课堂走出校园友谊长伴我和你

东 山 颂
——梅县东山中学校歌

翻阅着你的书卷
穿越过百年的云烟
客家的山川水土
筑成你坚实的讲坛

这里升起的每个太阳
曾经把激情的岁月点燃
来来去去的脚步
带着理想,只为了祖国的明天

聆听着你的声音
看着你不老的容颜
多少年师恩如海
给了我梦想的港湾

这里升起的每个月亮
总是把思念的目光温暖
五洲四海的学子
走得再远,也和你紧紧相连

啊东山,我的校园
你是一株挺立的大树
寄托着园丁殷切的期盼

啊东山,我的校园
你是一首永远的颂歌
日夜回响在你我的心间

芳华十八

——桂林十八中校友之歌

十八岁以前,我们都有过青葱的中学年华
理想和梦想,不经意地在我们心中生根发芽
宿舍的灯光,一盏一盏点亮了求索的火把
上不完的课程、读不完的书籍,还有那语文英语数理化

十八岁以后,我们都背上行囊去寻找天涯
昨天和未来,从不曾忘记怎样在这里天天长大
长长的跑道,一圈一圈陪伴着岁月继续出发
看不够的照片、念不尽的牵挂,还有那重逢时的知心话

芳华十八,最美的记忆是滴水的春秋冬夏
爱生如子的亲爱的老师们,你们现在还好吗
芳华十八,最美的校园有横塘的风景如画
爱校如家的感恩的校友们,永远是这里开不败的花

最亲的人
——广州长安医院形象歌曲

给你一颗爱心
送上欢乐的源泉
给你一颗真心
送上亲切的祝愿

给你一片关心
送上细致的问候
给你一片热心
送上温暖的春天

你的笑脸是我最美的眷恋
你的健康是我最深的挂牵
最亲最亲的人啊
请接受我的爱
长长久久、平平安安……

永远的九寨
——九寨沟风景管理局形象歌曲

上苍留下一个九寨
给了我们太多的爱
翠海叠瀑和彩林
举世无双的风景千金难买

人间只有一个九寨
需要我们好好关爱
雪峰蓝冰和藏情
完美无瑕的馈赠相守万代

我的九寨、你的九寨
蓝天白云都珍藏在你我心怀
中国的九寨、世界的九寨
清澈如水的笑容,四季迎客来

心心相印

——广东心宝药业形象歌曲

我用心呵护着你的心
为你拂去人间遮眼的浮云
轻轻感受着安宁和平静
不管距离是那么远,还是这样近

我用心拥抱着你的心
为你找来世上所有的春信
默默分享着健康和幸福
不管彼此是否陌生,总是这样亲

这一段缘我用爱做药引
陪你度过情深处那些光阴
这一首生命之歌我们一起唱
唱得雨过天晴、心心相印

第十二辑

一壶好茶一壶月

一壶好茶一壶月

（潮语歌曲）

一壶好茶一壶月
满天乡愁相思夜
梦中千年匆匆过
天涯看云飞

一壶好茶一壶月
只愿月圆勿再缺
万里乡情满腔爱
今夜伴月回

彩云飞

（潮语歌曲）

好风天顶日夜吹
岸上独绣花
当年送你柳树下
背影如今何处觅

彩云飞、彩云飞
年年梦中看云飞
石桥弯弯、木船悠悠
夕阳中的相思情
长随那春草生
梦中人何时回乡
看我绣花

苦　恋

（潮语歌曲）

一片痴情是苦恋
十字路边把你呼喊
当初俺山盟海誓
为何如今对影只一人

心头千般相思意
夜夜梦中泪不干
情痴痴、我痴痴等
多少风雨多少无奈
你可明白这地老天荒

韩江花月夜

（潮语歌曲）

韩江花月夜

相聚花月下

这杯茶装满了多少等待、多少诉说

入嘴热泪飞

韩江花月夜

相聚花月下

这杯茶斟满了多少深情、多少厚爱

落肚暖意生

好茶好水知心话

聚散总是难忘的家

潮曲潮乐听不厌

年年岁岁

好茶好水知心话

聚散总是难忘的家

潮曲潮乐听不厌

夜夜功夫茶

汕头之恋

（潮语歌曲）

月圆风静，凭海倚栏
大榕树下悠然枕我回乡梦
唔知谁家巷，门前对联把春送
市色涛声渔火灯笼牵惹游子恋，夜未央

百年风雨，一洗苍茫
遥念故园当年，乡邻重相见
路边旧摊档，老人奴仔声声唤
潮曲弦诗厚茶小食日日说平安

啊汕头，啊汕头
难描美景珍藏行囊中
万里天涯，愿借雁群
年年为你再把情歌唱

啊汕头，啊汕头
童年记忆呵护在手中
似水深情，一捧泥土
南北寒暑爱心唔改变
长留天地间

今夜思念难眠……

潮汕大戏台

——潮剧艺术节主题曲(潮语歌曲)

多少故事,呾客你知

多少世情,开嘴就来

台顶台下,同样自在

唱戏看戏,胶地安排

多少成败,做了尘埃

多少悲欢,已成曲牌

台顶台下,同样豪迈

唱戏看戏,拢是人才

生旦净末丑,都在俺心内

好一个千年个大戏台

潮汕人自古一家亲

唱天唱地唱出好情怀

白:化了妆不管是古代还是现代

　　上了台有时企中间有时两畔

　　行来行去其实拢在同个世界

　　为了情为了爱记得着个胶地喝彩

潮汕心

（潮语歌曲）

梦，时去时来夜已深
看不厌这侨批故乡月圆
念，红头船顶情凄凄
灯影暗，旧照片，难忘那年

爱，一去万里手相牵
细分辨这一把回家锁匙
望，潮戏潮乐情依依
春潮到，千帆过，唯愿与你共创福祉

共借好风重展翅
并肩撑起一片天
红了金凤花，泛起三江涟漪

留取初心和骨气
让这腔激情永不变
潮汕心，世代相依再举大旗

潮汕心，世代相依千年不变……

乡情是酒爱是金

（客家话歌曲）

最甜是故乡水
最好是故乡人
千里迢迢隔不断你
思乡一片心

最圆是故乡月
最深是故乡情
风雨悠悠寒来暑往
你始终一样亲

多谢你数十年牵挂众乡邻
多谢你为家乡解囊送真情
多谢你难依难舍客家梦
乡情是酒爱是金

翻山过海回故乡

（客家话歌曲）

回首往事情茫茫
那片圆月光，照唔见旧祠堂
难忘小巷，外婆将山歌唱
一把葵扇凉了四方

翻山过海回故乡
一路风尘一路霜
隔壁乡音，依稀似相识
一壶好茶让偃重温旧时光

客家颂

（客家话歌曲）

黄河边上飘来一片云
千年路程走出一群客家人
落地生根只凭一颗客家心
推开长夜系你温馨个家门

石壁缝中长出一枝梅
千年个风霜塑成一个客家魂
生生不息圆成一个客家梦
岁岁枝头为你报新春

青山绿水回响一支歌
千秋万代处处闻
难解难分凝成一腔客家情
洒向四海气长存

感恩有你

（客家话歌曲）

在偓起步时，你话偓知

山山水水路好长，莫怕风和雨

在偓跌倒时，你又话偓知

起起伏伏寻常事，千祈莫放弃

在偓顺风时，你话偓知

莫让浮云遮望眼，胸中爱有大天地

在偓迷惘时，你又话偓知

心中有梦爱坚持，抬头去高飞

你系偓春天里一抹晨曦

你系偓夏夜里清茶一杯

你系偓秋日里最温馨嘅记忆

你系偓冬季里最温暖嘅寒衣

感恩有你、感恩有你

你用真心陪伴偓，走过千万里

感恩有你、感恩有你

请你收下偓最深嘅情意

昨天明月

（粤语歌曲）

只想牵着你让星光再度闪
岁月笑声执回一串
只想牵着你再拨开世俗尘
陪伴我寻那出水莲

不沉的心
真实的脸
任几多冷暖都随它飘散
看昨天明月今宵缺又圆

民以食为天

——百集电视系列剧《妹仔大过主人婆》主题曲

（粤语歌曲）

（落雨大，水浸街，啦啦啦啦点浸街
落雨大，有花卖，啦啦啦啦边个要买）

落咗一场大雨，淋湿几双花鞋
梦里常恋肉菜香，成街揾招牌
食遍世间好味，尝尽人生百态
一盅两件三杯四盏食到水浸街

平生口味难改，食得怕乜湿滞
明火文火红火火，神仙也开胃
传世百般手艺，凭这舌尖默契
煎炒焖焗清蒸灼煮，难辨高与矮

民以食为天，快乐要谂计
你捱得命长，先至能食到底
民以食为天，好食好世界
流嘢定坚嘢？梗系我话事、我来睇

1954年	农历四月十一日（阳历5月13日）出生于普宁县流沙镇人民医院（祖籍为普宁县赤岗镇陈厝寨村）
1961年	移居揭西县棉湖镇外婆家，就读棉湖解放路小学
1965年	随父母工作调动移居梅县，并转学梅县人民小学
1966年	"文化大革命"期间，开始自学并自制笛子、二胡等乐器 自学美术、书法
1967年	入读梅县东山中学 开始格律诗词创作 自学小提琴 担任班级墙报委员
1969年	担任学校宣传队乐队主要乐手并自学唢呐、三弦、月琴、东风管等乐器
1971年	以小提琴手身份代表学校参加梅县地区中学生汇演
1972年	高中毕业并分配到位于平远县的梅县地区第二汽车配件厂当翻砂工及混合铸工 担任厂宣传队队长兼乐队队长，开始歌曲创作
1975年	调任厂政保股资料员，负责公文及汇报资料的撰写，并担任工厂团总支副书记 借调梅县地区机械局宣传队，任小提琴手，创作舞蹈音乐《红色机

修工》

在工厂参与绘制大幅毛主席像（油画）及工厂围墙大幅美术字标语

1978年　考入中山大学中文系

在入学军训晚会以自制啤酒瓶乐器演奏"青瓶乐"

格律诗词《满江红》在《梅州日报》发表

开始现代诗创作，担任中山大学学生文学刊物《红豆》诗歌组编辑

参加中山大学民乐队，分别任高胡、大提琴、扬琴乐手

1979年　创作独幕话剧《恭喜发财》（由中文系78级学生演出）

1980年　参与创建中山大学紫荆诗社，任副社长

书法作品被中山大学选送参加首届全国大学生书法大赛

开始话剧、电视剧、舞剧、小说、散文等创作尝试

在《羊城晚报》及《作品》等报刊发表现代诗

1981年　暑假首次赴北京，拜访了北岛、江河等朦胧诗派代表诗人

创作歌曲《我爱这金色的校园》获中山大学文艺汇演三等奖

1982年　在《岭南音乐》发表第一首歌曲《我爱这金色的校园》（陈小奇词曲）

从中山大学中文系本科毕业，任职中国唱片公司广州分公司戏曲编辑，此后录制了多个潮剧、山歌剧及《梁素珍广东汉剧独唱专辑》《陈育明琼剧独唱专辑》等

在《花城》《星星》《作品》《特区文学》《青年诗坛》等刊物发表多首现代诗歌，成为广东主要青年诗人

1983年　创作流行歌曲填词处女作《我的吉他》（原曲为西班牙民谣《爱的罗曼史》），以词作家身份进入流行乐坛

1984年　工作之余为中国唱片公司广州分公司、太平洋影音公司及多家音像公司填词100多首，同时开始《敦煌梦》（陈小奇词、兰斋曲）、《东方魂》（陈小奇词、兰斋曲）、《小溪》（陈小奇词、兰斋曲）等原创歌曲的填词创作

1985年　《黄昏的海滩》（陈小奇词、李海鹰曲）、《敦煌梦》（陈小奇词、

兰斋曲）获国内第一个流行音乐创作演唱大赛——"红棉杯85羊城新歌新风新人大奖赛"十大新歌奖

1986年　《梦江南》（陈小奇词、李海鹰曲）、《父亲》（陈小奇词、毕晓世曲）入选第一个全国流行音乐大赛——由中国音乐家协会主办的全国青年首届民歌通俗歌曲孔雀杯大选赛八大金曲，《父亲》获作词牡丹奖

现代人报社举办内地流行乐坛第一次个人作品研讨会——"陈小奇个人作品研讨会"

编辑、制作全国第一张校园歌曲专辑——中山大学学生作品《向大海》盒式磁带

1987年　《秋千》（陈小奇词、张全复曲）获广东电台"兔年金曲擂台赛"冠军

《满天烛火》（陈小奇词、兰斋曲）获首届广东十大广播歌曲"健牌"大奖赛十大金曲奖

《九龙壁》（陈小奇词、兰斋曲）获'87五省（一市）校园歌曲创作、演唱电视大赛总决赛作词三等奖

《我不再等待》（陈小奇词、兰斋曲）获'87五省(一市)校园歌曲创作、演唱电视大赛总决赛优秀作词奖

《我不再等待》（陈小奇词、兰斋曲）、《九龙壁》（陈小奇词、兰斋曲）、《龙的命运》（陈小奇词、毕晓世曲）获'87五省（一市）校园歌曲创作、演唱电视大赛广东赛区优秀作词奖

《我的吉他》被中央电视台音乐纪录片《她把歌声留在中国》选用为主题歌

出席在武汉举办的全国流行歌曲研讨会

应邀参加中山大学承办的全国高校古典诗词研讨会并作歌词创作发言

1988年　《船夫》获文化部、中国音乐家协会、中国音乐文学学会主办的首届虹雨杯歌词大奖赛三等奖

《龙的命运》（陈小奇词、毕晓世曲）、《船夫》（陈小奇词、梁军

曲）分别获上海"华声曲"歌曲创作大赛一等奖、二等奖，《黑色的眼睛》（陈小奇词、兰斋曲）、《七夕》（陈小奇词、李海鹰曲）获纪念奖

《湘灵》（陈小奇词、兰斋曲）获首届京沪粤"健牌"广播歌曲总决赛银奖及第二届广东十大广播歌曲"健牌"大奖赛最佳创作奖

《船夫》（陈小奇词、梁军曲）、《问夕阳》（陈小奇词、兰斋曲）、《湘灵》（陈小奇词、兰斋曲）获第二届广东十大广播歌曲"健牌"大奖赛十大金曲奖

《山沟沟》（陈小奇词、毕晓世曲，那英演唱）入选"世界环境保护年百名歌星演唱会"

报告文学《在风险的漩涡中》获南方日报社、广东省作家协会联合举办的"保险征文"一等奖

出版《陈小奇作词歌曲专辑》盒带

在"新空气乐队华师演唱会"上首次客串主持人

1989年 《黎母山恋歌》（陈小奇词、兰斋曲）获第二届京沪粤"健牌"广播歌曲总决赛金奖及第三届广东十大广播歌曲"健牌"大奖赛最受欢迎大奖

《黎母山恋歌》（陈小奇词、兰斋曲）、《古战场情思》（原名《天苍苍地茫茫》，陈小奇词、梁军曲）获第三届广东十大广播歌曲"健牌"大奖赛十大金曲奖

《兰花伞》（陈小奇词、兰斋曲）获首届中国校园歌曲创作大奖赛三等奖

《黑色的眼睛》（陈小奇词、兰斋曲）、《魔方世界》（陈小奇词、兰斋曲）获首届中国校园歌曲创作大奖赛优秀奖

《山沟沟》（陈小奇词、毕晓世曲）、《苗山摇滚》（陈小奇词、罗鲁斌曲）获'88山水金曲大赛十大金曲奖

《山沟沟》（陈小奇词、毕晓世曲）获广东电台"蛇年金曲擂台赛"冠军

出版国内第一本流行音乐词作家专辑《草地摇滚——陈小奇作词歌曲100首》歌曲集（广东旅游出版社）

创作中国第一首企业形象歌曲——太阳神企业《当太阳升起的时候》（陈小奇词、解承强曲）

1990年　《牧野情歌》（陈小奇词、李海鹰曲、李玲玉演唱）入选中央电视台春节联欢晚会

成立广东通俗音乐研究会，被推选为首届会长

担任"特美思杯"深圳十大电视歌星大赛总决赛评委

担任第一届全国影视十佳歌手大赛总评委

《灞桥柳》（陈小奇词、颂今曲）、《风还在刮》（陈小奇词、兰斋曲）获第四届广东创作歌曲"健牌"大奖赛十大金曲奖

《不夜城》（陈小奇词）获浙江省"东港杯"广播新歌征评二等奖

创作潮语歌曲《苦恋》（陈小奇词、宋书华曲）、《彩云飞》（陈小奇词、兰斋曲）等，开创国内第一个本土方言流行歌曲品种——潮语流行歌曲时代

创作汕头国际大酒店形象歌曲《月下金凤花》（陈小奇词、兰斋曲），并担任该歌曲的全市演唱大赛总决赛评委

开始作曲，以《涛声依旧》（陈小奇词曲）完成由填词人向词曲作家的身份转变

1991年　歌曲《跨越巅峰》（陈小奇词、兰斋曲）被评选为首届世界女子足球锦标赛会歌，成为中国内地第一首大型体育赛事会歌的流行歌曲

《涛声依旧》（陈小奇词曲）、《把温柔留在握别的手》（陈小奇词、李海鹰曲）获第五届广东创作歌曲"健牌"大奖赛十大金曲奖

担任"省港杯歌唱大赛"总决赛评委

兼任中国唱片公司广州分公司艺术团团长并创建中国唱片公司广州分公司艺术团乐队（后改为"卜通100乐队"）

创作潮语歌曲《一壶好茶一壶月》（陈小奇词曲），成为潮语歌曲经典

创作、制作中国内地第一张客家方言流行歌曲专辑《徐秋菊独唱专辑》，创作《乡情是酒爱是金》（陈小奇词、杨戈阳曲）等多首歌曲

1992年 创立中国唱片业第一个企划部（中国唱片公司广州分公司企划部）并担任主任，开始"造星工程"，陆续与甘苹、李春波、陈明、张萌萌等签约，推出第一张签约歌手专辑——甘苹的《大哥你好吗》

在广州友谊剧院举办两场中国流行音乐界第一次个人作品演唱会——"风雅颂——陈小奇个人作品演唱会"

担任第二届全国影视十佳歌手大赛评委

担任首届广东省歌舞厅歌手大赛总决赛评委

担任海南国际椰子节歌唱大赛总决赛评委

担任广州与台北合作的海峡两岸第一个流行音乐大赛——穗台杯歌唱大赛总决赛评委

《我不想说》（陈小奇、李海鹰词，李海鹰曲）、《拥抱明天》（陈小奇词、毕晓世曲）获中央电视台第五届全国青年歌手"五洲杯"电视大奖赛歌曲评选一等奖

《我不想说》（陈小奇、李海鹰词，李海鹰曲）、《等你在老地方》（陈小奇词、张全复曲）分获中国首届电视剧优秀歌曲评选（1958—1991）金奖和铜奖

《空谷》（陈小奇词、颂今曲）、《写你》（陈小奇词、解承强曲）获"华声杯"全国磁带歌曲新作新人金奖赛银奖，《外婆桥》（陈小奇词、颂今曲）获优秀奖

《九亿个心愿》（陈小奇词、兰斋曲）入选中华人民共和国第二届农民运动会歌曲

《我不想说》（陈小奇、李海鹰词，李海鹰曲）获第六届广东创作歌曲"健牌"大奖赛最佳创作奖

《我不想说》（陈小奇、李海鹰词，李海鹰曲）、《为我们的今天喝采》（陈小奇、解承强词，解承强曲）、《红月亮》（陈小奇词、刘克曲）获第六届广东创作歌曲"健牌"大奖赛十大金曲奖

《大哥你好吗》（陈小奇词曲）获"岭南新歌榜"十大金曲及最佳作词奖，《为我们的今天喝彩》（陈小奇、解承强词，解承强曲）获"岭南新歌榜"十大金曲及最佳音乐奖和监制奖

1993年 歌曲《涛声依旧》（陈小奇词曲、毛宁演唱）、《为我们的今天喝彩》（陈小奇、解承强词，解承强曲，林萍演唱）入选中央电视台春节联欢晚会，《涛声依旧》迅速风靡全国

《大哥你好吗》（陈小奇词曲、甘苹演唱）入选中央电视台"三八"妇女节晚会

在中国唱片公司广州分公司推出李春波《小芳》专辑，引发民谣热

在中国唱片公司广州分公司制作陈明《相信你总会被我感动》专辑

率甘苹、李春波、陈明、张萌萌等在北京举办中国唱片公司广州分公司签约歌手发布会，在全国掀起签约歌手热潮

获音乐副编审职称

调任太平洋影音公司总编辑、副总经理，先后与甘苹、张萌萌、"光头"李进、陈少华、伊洋、廖百威、火风等签约

在太平洋影音公司推出甘苹《疼你的人》及"光头"李进《你在他乡还好吗》个人专辑

担任首届沪粤港歌唱大赛总决赛评委

《相信你总会被我感动》（陈小奇词、梁军曲）、《把不肯装饰的心给你》（陈小奇词、兰斋曲）获第七届广东创作歌曲大奖赛十大金曲奖

《疼你的人》（陈小奇词曲）获"岭南新歌榜"九三年度十大金曲最佳作词奖

《疼你的人》（陈小奇词曲）、《相信你总会被我感动》（陈小奇词、梁军曲）获"岭南新歌榜"九三年度十大金曲奖

《相信你总会被我感动》（陈小奇词、梁军曲）获"爱人杯"广州1993年度原创十大金曲最佳作词金奖

《大哥你好吗》（陈小奇词曲）、《相信你总会被我感动》（陈小奇

词、梁军曲）获"爱人杯"广州1993年度原创十大金曲奖

出版《涛声依旧——陈小奇个人作品专辑》CD唱片

1994年 《涛声依旧》（陈小奇词曲）获中央人民广播电台评选的"中国十大金曲"第二名

《我不想说》（陈小奇、李海鹰词，李海鹰曲）获北京音乐台1993—1994年度金曲奖

签约并推出第一个彝族流行歌手组合"山鹰组合"，创作《走出大凉山》《七月火把节》等歌曲，首次把彝族流行歌曲推向全国

在太平洋影音公司推出甘苹的《亲亲美人鱼》、"光头"李进的《巴山夜雨》、廖百威的个人专辑《问心无愧》和山鹰组合的原创演唱专辑《走出大凉山》以及第一个广东摇滚乐队合辑《南方大摇滚》

参加中共广州市委宣传部主办的首届全国流行音乐研讨会并作主题发言

在深圳体育馆举办"涛声依旧——陈小奇个人作品演唱会"

《大哥你好吗》（陈小奇词曲）获中央电视台第六届全国青年歌手"五洲杯"电视大奖赛作品一等奖、"群星耀东方"第一届十大金曲奖

《涛声依旧》（陈小奇词曲）获"群星耀东方"第一届最佳作词奖及十大金曲奖

《三个和尚》（陈小奇词曲）获全国少年儿童歌曲新作创作奖

《三个和尚》（陈小奇词曲）获上海东方电视台MTV展评最佳作词奖

《三个和尚》（陈小奇词曲）、《大哥你好吗》（陈小奇词曲）获中央电视台MTV大赛铜奖

《白云深处》（陈小奇词曲）获第八届广东创作歌曲大奖赛年度十大金曲奖

《假日我在路上等着你》（陈小奇词、兰斋曲）入选中华人民共和国第六届中学生运动会歌曲

《涛声依旧》歌词入选上海高考试卷，此后多次入选各地中学语文

教案

1995年　获1994—1995年度原创音乐榜最杰出音乐人奖

获中国流行音乐新势力巡礼音乐人成就奖

受邀担任哈萨克斯坦第六届亚洲之声国际流行音乐大奖赛唯一中国评委

担任京沪粤歌唱大赛总决赛评委

担任上海东方新人歌唱大赛总决赛评委

《九九女儿红》（陈小奇词曲）获"岭南新歌榜"十大金曲及年度最佳作曲奖

《巴山夜雨》（陈小奇词曲）获"岭南新歌榜"年度最佳作词奖

推出陈少华的《九九女儿红》、火风的个人专辑《大花轿》

主办并主持中国流行音乐杭州研讨会，发布规范签约歌手制度的《杭州宣言》

1996年　在"中国当代歌坛经典回顾活动展"中获"1986—1996年度中国十大词曲作家奖"

在"中国流行歌坛十年回顾活动"中获"中国流行歌坛十年成就奖"

担任海南国际椰子节歌唱大赛总决赛评委

《朝云暮雨》（陈小奇词曲）获中央电视台MTV大赛银奖

1997年　《拥抱明天》（陈小奇词，毕晓世曲，林萍、毛宁、江涛演唱）入选中央电视台春节联欢晚会

在广东画院举办"陈小奇自书歌词书法展"

出版《陈小奇自书歌词选》书法作品集（岭南美术出版社）

广东电视台拍摄播出专题纪录片《词坛墨客——陈小奇》

调任广州电视台音乐总监、文艺部副主任

创立广州陈小奇音乐有限公司

担任上海东方新人歌唱大赛总决赛评委

获"广东广播新歌榜"1997年度乐坛贡献奖

《我不想说》（陈小奇、李海鹰词，李海鹰曲）、《拥抱明天》（陈

小奇词、毕晓世曲）获东方电视台"90年代观众最喜爱的电视歌曲作词奖"

《朝云暮雨》（陈小奇词曲）获罗马尼亚国际MTV大赛金奖

参加广州首届名城名人运动会，获围棋比赛第三名

被推选为广东棋文化促进会副会长

1998年　当选为中国音乐文学学会第五届主席团成员

当选为广州市文学艺术界联合会第五届副主席

创办广州陈小奇流行音乐研习院，培养了金池、乌兰托娅等著名歌手

担任制片人，拍摄制作20集电视连续剧《姐妹》（《外来妹》续集）

担任上海东方新人歌唱大赛总决赛评委

在汕头林百欣国际会展中心举办流行乐坛第三次个人作品交响合唱音乐会——"涛声依旧——陈小奇歌曲作品·98汕头交响演唱会"

1999年　策划、承办"首届全国旅游歌曲大赛"（国家旅游局主办），首次提出"旅游歌曲"概念

《烟花三月》（陈小奇词曲）、《月下金凤花》（陈小奇词、兰斋曲）、《绿水青山我的爱》（陈小奇词、刘克曲）等获首届全国旅游歌曲大赛金奖

《烟花三月》（陈小奇词曲）获"广东广播新歌榜"1999年度最佳作词奖

《马背天涯》（陈小奇词、王赴戎曲）获1999年上海亚洲音乐节"世纪风"中国原创歌曲大赛金曲奖

《春天的绿叶》（陈小奇词、兰斋曲）、《健康美容歌》（段春花词、陈小奇曲）获文化部全国首届企业歌曲大赛铜奖

作为制片人制作的电视连续剧《姐妹》（《外来妹》续集）获第十七届中国电视金鹰奖优秀长篇电视剧奖，主题歌《我的好姐妹》（陈小奇词曲）获第十七届中国电视金鹰奖优秀电视剧歌曲奖

电视连续剧《姐妹》（《外来妹》续集）获第六届"广东省鲁迅文学艺术奖（艺术类）"

《烟花三月》（陈小奇词曲）获中央人民广播电台华夏原创金曲榜1999年度十大金曲奖

2000年　担任第九届"步步高杯"中央电视台全国青年歌手电视大奖赛总决赛评委

担任上海亚洲音乐节亚洲新人歌手大赛总决赛国际评委

担任上海亚洲音乐节歌唱组合大赛总决赛国际评委

担任全球华人新秀歌唱大赛广东赛区总决赛评委

《涛声依旧》（陈小奇词曲）获中央电视台"中国二十世纪经典歌曲评选20首金曲""中国原创歌坛20年金曲评选30首金曲"

获"广东广播新歌榜"改革开放20年"广东原创乐坛成就奖"

在第二届"您最喜爱的影视歌曲评选活动"中被评为"最喜爱的词作家"

《烟花三月》（陈小奇词曲）被定为扬州市形象歌曲及每年一届的"烟花三月旅游节"主题歌

2001年　签约并推出第一个"藏族流行歌王"——容中尔甲及其个人专辑《高原红》

担任全球华人新秀歌唱大赛总决赛国际评委

《又见彩虹》（陈小奇词、李小兵曲）被评定为中华人民共和国第九届运动会会歌

《又见彩虹》（陈小奇词、李小兵曲）获"广东新歌榜"2001年度歌曲创作大奖

《永远的眷恋》（陈小奇词曲）在中央电视台全国城市歌曲评选中获金奖

《母亲》（陈小奇词、颂今曲）在中国妇女联合会、中国音乐家协会"全国首届母亲之歌"征集活动中获优秀歌曲奖

《我的好姐妹》（陈小奇词曲）获第三届"广州文艺奖"宣传文化精品奖

2002年　正式注册成立广东省流行音乐学会并被推选为该学会主席

由中国音乐文学学会主编的《中国当代歌词史》以千字篇幅介绍"陈小奇专题"

担任2002年春节外国人中华才艺大赛总决赛评委（北京电视台等全国十家电视台主办）

担任第五届上海亚洲音乐节中国新人歌手选拔赛总决赛评委会主任

担任首届南方新丝路模特大赛广东赛区总决赛评委

担任阳江旅游使者形象大赛总决赛评委

担任湛江"南珠小姐"大赛总决赛评委

《高原红》（陈小奇词曲）、《又见彩虹》（陈小奇词、李小兵曲）获第二届中国音乐金钟奖

《人民的儿子》（陈小奇词、程大兆曲，电影《邓小平》主题歌）获中共广东省委宣传部"颂歌献给党——迎接十六大新歌征集"征歌活动歌曲奖

应邀创作江苏泰州市形象歌曲《故乡最吉祥》（陈小奇词曲）

出版《涛声依旧——陈小奇歌词精选200首》歌词集（广东教育出版社）

2003年 被评为文学创作一级作家

当选为中国音乐文学学会第六届副主席，成为第一个担任该学会副主席的流行音乐词作家

广东卫视录制并播出"陈小奇创作20周年个人作品演唱会"

担任第四届中国金唱片奖总评委

担任中国轻音乐学会第一届"学会奖"评委

《高原红》（陈小奇词曲）获广东省第七届宣传文化精品奖

策划承办"唱响家乡"城市组歌采风、创作系列活动，完成《梅开盛世——梅州组歌》的创作

策划首届全球客家妹形象使者大赛并担任总决赛评委会主席

长诗《天职》在《人民日报》发表并获中共广东省委宣传部抗"非典"文学创作二等奖及广东省作家协会抗"非典"文学创作一等奖

参加广州第二届中外友人运动会围棋比赛，获第二名

2004年　担任第十一届"新盖中盖杯"中央电视台全国青年歌手电视大奖赛总决赛职业组通俗唱法评委

出任"E声有你"新浪—UC杯首届中国网络通俗歌手大赛总决赛评委

策划、承办"唱响家乡"城市组歌采风、创作系列活动，完成《追春——阳春组歌》《天风海韵——虎门组歌》《鹏程万里——深圳组歌》的创作及制作，并分别在阳春、虎门、深圳三地举办组歌大型演唱会

《老兵》（陈小奇词曲）在公安部、中国音乐家协会主办的2004年警察歌曲创作暨演唱大赛中获创作二等奖

《永远的眷恋》（陈小奇词曲）获广东省"五个一工程"奖

《高原红》（陈小奇词曲）获第四届"广州文艺奖"宣传文化精品奖

《又见彩虹》（陈小奇、李小兵曲）获第四届"广州文艺奖"宣传文化精品奖

《珠江月》《光阴》获首届广东省流行音乐"学会奖"广东原创十大金曲奖、《风中的无脚鸟》（陈小奇词曲）获首届广东省流行音乐"学会奖"原创最佳作词奖、《珠江月》（陈小奇词曲）获首届广东省流行音乐"学会奖"原创最佳作曲奖、《寸寸河山寸寸金》（黄遵宪词、陈小奇曲）获首届广东省流行音乐"学会奖"原创最佳美声唱法歌曲银奖、《最美的牵挂》（陈小奇词曲）获首届广东省流行音乐"学会奖"原创最佳民族唱法歌曲银奖

《山高水长》（陈小奇词曲）被选定为中山大学校友之歌

创建广东文艺职业学院流行音乐系并兼任系主任

2005年　策划、承办中国音乐家协会流行音乐学会第一次全国代表大会，当选为中国音乐家协会流行音乐学会第一届副主席

担任第五届中国金唱片奖总评委

被聘为"中国2010上海世博会会歌征集"评审委员会委员

担任云南省青年歌手电视大奖赛评委

出席中国音乐家协会第六次全国代表大会

在东莞演艺中心举办"涛声依旧——陈小奇个人作品东莞演唱会"

制作的容中尔甲专辑《阿咪罗罗》获第五届中国金唱片奖"专辑奖"

《马兰谣》（陈小奇词曲）在中央电视台、中国音乐家协会、团中央联合举办的首届全国少儿歌曲作品大赛中获优秀奖，并入选百首优秀少儿推荐歌曲的第一批十首歌曲

《欢乐深圳》（陈洁明词、陈小奇曲）获"鹏城歌飞扬"深圳十佳金曲奖

《亲爱的党啊，谢谢你》（陈小奇词、连向先曲）获"争创三有一好，争当时代先锋"文学艺术作品征集评选金奖

《风正帆扬》（陈小奇词曲）获广东省纪律检查委员会、文化厅主办的全省反腐倡廉歌曲创作铜奖

获第五届华语音乐传媒大奖"华语乐坛特别贡献奖"

连任广东棋文化促进会副会长

2006年 《飞雪迎春》（陈小奇词，捞仔曲，彭丽媛演唱）入选中央电视台春节联欢晚会

当选为广东省音乐家协会第七届副主席，成为全国第一个担任省级音乐家协会副主席的流行音乐人

出席中国文学艺术界联合会第八次全国代表大会

被聘为第九届（2006）亚洲音乐节新人歌手大赛中国内地选拔赛评委主席

当选为中国音乐著作权协会第三届理事

担任2006年第12届"隆力奇杯"中央电视台青年歌手电视大奖赛决赛评委

《矫健大中华》（陈小奇词、李小兵曲）被选定为第八届全国少数民族运动会会歌

《又见彩虹》（陈小奇词、李小兵曲）获第七届"广东省鲁迅文学艺术奖（艺术类）"

《追春》（陈小奇词曲）获中央电视台中国形象歌曲展播最佳作曲奖

书法作品《涛声依旧》获广东作家书画摄影展书法类二等奖

2007年 连任中国音乐文学学会第七届副主席

"广东省流行音乐学会"更名为"广东省流行音乐协会"，继续担任该协会主席

在羊城晚报社、广东省文学艺术界联合会、广东省作家协会联合主办的活动中，被推选为"读者喜爱的当代岭南文化名人50家"

担任中国音乐金钟奖首届流行音乐大赛总决赛评委

担任第六届中国金唱片奖总评委

被广东省环境保护局聘为"广东环保大使"

在梅州平远中学体育场举办"涛声依旧——陈小奇个人作品平远演唱会"

策划、主办"广东流行音乐30周年大型颁奖典礼"，在广州市天河体育馆举办大型流行音乐演唱会

获广东流行音乐30周年"音乐界最杰出成就奖"及"音乐人30年特别荣誉奖"

《清风竹影》（陈小奇词曲）、《风正帆扬》（陈小奇词曲）获由广东省纪律检查委员会、中共广东省委组织部、中共广东省委宣传部、广东省文化厅、广东电视台联合举办的广东省农村基层反腐倡廉文艺汇演一等奖

《听涛》（陈小奇词曲）在庆祝党的十七大隆重召开《和谐颂》征歌活动中，荣获优秀作品奖

书法作品《涛声依旧》获中国作家协会主办的"当代中国作家书画展"优秀奖

书法作品《又见彩虹》在"东方之珠更璀璨"京粤港书法家庆香港回归十周年书画展展出

提出"流行童声"概念，并由广东省流行音乐协会与城市之声电台合作推出持续多年的"流行童声大赛"

推出《潮起珠江——广东移动组歌》及《喜传天下——广东烟草双喜组歌》两个大型企业组歌

2008年 当选为广东省作家协会第七届副主席，成为全国第一个担任省级作家协会副主席的流行音乐词作家

获中共广东省委统一战线工作部颁发的"广东省第二届优秀中国特色社会主义建设者"称号，为音乐界第一人

获第六届中国金唱片奖唯一的"音乐人奖"

担任第十三届中央电视台全国青年歌手电视大奖赛流行唱法总决赛评委

出席中央电视台"歌声飘过30年——百首金曲系列演唱会"

《涛声依旧》（陈小奇词曲）荣获中国音乐家协会"改革开放30周年流行金曲"勋章

《敦煌梦》（陈小奇词、兰斋曲）、《梦江南》（陈小奇词、李海鹰曲）、《秋千》（陈小奇词、张全复曲）、《我不想说》（陈小奇、李海鹰词，李海鹰曲）、《等你在老地方》（陈小奇词、张全复曲）、《跨越巅峰》（陈小奇词、兰斋曲）、《为我们的今天喝彩》（陈小奇、解承强词，解承强曲）、《涛声依旧》（陈小奇词曲）、《大哥你好吗》（陈小奇词曲）、《又见彩虹》（陈小奇词、李小兵曲）、《高原红》（陈小奇词曲）等11首歌曲入选由广东省音乐家协会及广东各媒体记者共同推选的"纪念中国改革开放30周年"30首广东原创歌曲

《我不想说》（陈小奇、李海鹰词，李海鹰曲）、《所有的往事》（陈小奇词，程大兆曲）入选中国文学艺术界联合会主办的"改革开放30年优秀电视剧歌曲"

《师恩如海》（陈小奇词曲）获中共广东省委宣传部"心系祖国——感动广东"纪念改革开放30周年征歌活动金奖、《家乡》（陈小奇词曲）获铜奖

《为母亲唱首歌》（蒋乐仪词、陈小奇曲）获第六届广东家庭文化节

"母亲之歌"征歌活动一等奖

《我有一个强大的祖国》(叶浪词、陈小奇曲)获2008中国-成都(邛崃)国际南丝路文化旅游节"爱在人间:大型原创歌词、歌曲、诗歌征集"二等奖

应邀创作湖南岳阳市形象歌曲《这里情最多》(陈小奇词曲)

出版与陈志红合著的流行音乐理论著述《中国流行音乐与公民文化——草堂对话》(新世纪出版社)

策划、主编的"涛声依旧——广东流行音乐风云30年"丛书5本(含《广东流行音乐史》等)首发(新世纪出版社)

被聘为第16届亚洲运动会歌曲征集组织委员会副主任

策划并承办大型民系风情歌舞《客家意象》,担任总编剧、总导演及词曲创作

应邀参加第三届深圳客家文化节"客家山歌和流行音乐"高峰论坛并作主题发言

《听涛》(陈小奇词曲)获第六届"广州文艺奖"一等奖

为汶川地震创作长诗《生命的尊严》,由广东卫视以朗诵版播出并在《南方日报》及《作品》等报刊全文刊登

书法作品《拥抱明天》在"同一个世界,同一个梦想——粤港澳书画家迎奥运书画展"上展出,并由广东人民广播电台收藏

2009年　当选为中国音乐家协会第七届理事

担任中国音乐金钟奖第二届流行音乐大赛总决赛评委

担任第七届中国金唱片奖总评委

应邀出席"中国棋文化广州峰会"学术研讨会并作发言(中国棋院、广东棋文化促进会和《广州日报》共同主办)

在中共广东省委党校作题为《流行音乐与文化产业》的讲演,成为第一个在党校讲授流行音乐的音乐人

被推举为广东音乐文学学会首任主席

策划国内第一个客家方言流行歌曲排行榜"客家流行金曲榜"

论著《中国流行音乐与公民文化——草堂对话》（与陈志红合著）获第八届"广东省鲁迅文学艺术奖（艺术类）"

《一起走》（陈小奇词曲）、《春暖花开》（陈小奇词、姚晓强曲）获广东省第七届精神文明建设"五个一工程"优秀歌曲作品奖

《思故乡》（古伟中词、陈小奇曲）获中宣部"全国优秀流行歌曲创作大赛"华南赛区第一名

《最美的风采》（陈小奇词、金培达曲）入选亚运会会歌征选（为最后3首作品之一）

书法作品《听涛》入选庆祝中华人民共和国成立60周年广东作家书画展

参加全球旅游峰会并作演讲

被聘为华南理工大学音乐学院兼职教授及华南理工大学流行音乐研究所名誉所长

2010年 策划、承办了在广东中山市小榄镇召开的中国音乐家协会流行音乐学会第二次全国代表大会，当选第二届常务副主席

在中共广东省委党校开设大型民系风情歌舞《客家意象》的专题演讲

举办大型民系风情歌舞《客家意象》广东五市巡演，此后数年该剧又分别赴我国台湾地区及马来西亚等地演出

为百集电视系列剧《妹仔大过主人婆》创作粤语主题歌《民以食为天》（陈小奇词曲）

任广东潮人海外联谊会青年委员会第六届荣誉主任

散文《岁月如歌》获《作品》杂志"如歌岁月——纪念新中国成立60周年叙事体散文全国征文"二等奖

2011年 连任广东省音乐家协会第八届副主席

担任中国音乐金钟奖第三届流行音乐大赛（深圳、香港、台湾）赛区监审及全国总决赛评委

担任第八届中国金唱片奖总评委

参加中国文学艺术界联合会第九次全国代表大会

策划了广东民族乐团"涛声依旧——流行国乐音乐会"

制作并出版陈小奇中国风经典作品精选CD专辑《意·韵》（和声版）

担任羊城新八景评选活动的专家评委

接受美国洛杉矶中文电台AM1430粤语广播电台频道采访

《客家意象》专辑音乐（陈小奇、梁军）获第八届中国金唱片奖"创作特别奖"

粤语歌曲《民以食为天》（陈小奇词曲）获音乐先锋榜内地十大金曲奖

2012年 连任中国音乐文学学会第八届副主席

参加中国音乐家协会第七届理事会第二次会议

主持广东省流行音乐协会第三次会员大会并连任主席职务

赴福建武夷山参加"《为——爱我中华》海峡两岸三地流行音乐高峰论坛"

参加关爱艾滋病儿童歌曲《爱你的人》（陈小奇词，捞仔曲，彭丽媛演唱）的大型首发式（卫生部主办）

中央电视台中文国际频道录制"中华情·隽永歌声——陈小奇作品演唱会"

在中山大学举办"山高水长·缘聚中大——陈小奇校友作品新年演唱会2012"

策划、承办首届广东流行音乐节——广东流行音乐三十五周年大型颁奖典礼及"岁月经典""动力先锋"大型演唱会（中共广东省委宣传部主办）

《敦煌梦》（陈小奇词、兰斋曲）、《梦江南》（陈小奇词、李海鹰曲）、《灞桥柳》（陈小奇词、颂今曲）、《我不想说》（陈小奇、李海鹰词，李海鹰曲）、《跨越巅峰》（陈小奇词、兰斋曲）、《为我们的今天喝彩》（陈小奇、解承强词，解承强曲）、《又见彩虹》（陈小奇词、李小兵曲）、《涛声依旧》（陈小奇词曲）、《大哥你好吗》（陈小奇词曲）、《高原红》（陈小奇词曲）10首歌曲入选中

共广东省委宣传部主办的"广东流行音乐三十五周年"庆典35首金曲

获"广东乐坛最具影响力音乐人"大奖

获广东省音乐家协会唯一的"2012年度广东省优秀音乐家突出贡献奖"

策划并与华南理工大学音乐学院合作举办"广东流行歌曲交响合唱音乐会"

推出《唱响家乡》系列的《走向幸福——东莞东城组歌》

担任广东省粤港澳合作促进会第二届理事会副会长

担任香港音乐人协会主办的创作歌唱大赛总决赛评委

推出"流行钢琴"概念

2013年　连任广东省作家协会第八届副主席

当选为广州市音乐家协会第六届主席

担任第十五届中央电视台全国青年歌手电视大奖赛总决赛评委

担任第九届中国音乐金唱片奖评委

担任中国音乐金钟奖第四届流行音乐大赛全国总决赛监审

参加华语音乐推广与著作权管理交流座谈会（中国台湾地区）

赴澳大利亚、新西兰举办"山高水长中大缘——陈小奇经典作品全球巡演"（中山大学校友总会主办），中国驻澳大利亚、新西兰两国总领事分别出席演唱会

担任"2013多彩贵州歌唱大赛"导师，并分别在贵州兴义、铜仁举办两场不同曲目的"陈小奇个人作品演唱会"

作为特邀嘉宾参加湖北卫视《我爱我的祖国》栏目《中国古代诗词与流行音乐》节目的拍摄

主办并担任首届中国歌词创作大师班导师

出版《广东作家书画院书画作品集——陈小奇书法作品》（岭南美术出版社）

被聘为华南师范大学客座教授

2014年　获广东省音乐家协会"突出贡献奖"

在阳江文化大讲坛及华南师范大学举办《中国古典诗词与流行音乐》讲座

《客家阿妈》（陈小奇词曲）获广东省第九届精神文明建设"五个一工程"优秀作品奖、第二届客家流行音乐金曲榜"最佳金曲大奖"

《紫砂》（陈小奇词曲）获2014年度音乐先锋榜年度最佳作词奖

《围棋天地》推出陈小奇专访《围棋旋律》

2015年　获中国原创音乐致敬盛典"杰出贡献词曲作家奖"

担任"星海音乐学院流行唱法硕士生毕业音乐会"评审

出席中国音乐家协会第八次全国代表大会，连任第八届理事

出席中国音乐家协会流行音乐学会第三次全国代表大会，连任常务副主席，并举办《流行音乐与社会生活》讲座

作为大赛艺术顾问及总评委在北京中国政协礼堂出席"唱响慈爱，共筑民族梦"爱心歌手乐手大赛系列公益活动新闻发布会

出席深圳市文学艺术界联合会主办的"客家文化艺术高峰论坛"

出席流行音乐高峰论坛（华南师范大学音乐学院、流行音乐文化研究院及广东省流行音乐协会理论研究委员会联合主办）

应邀为扬州2500年城庆创作《月下故人来》（陈小奇词曲）

《紫砂》（陈小奇词曲）获"2014华语金曲奖"优秀国语歌曲奖、"2014广州新音乐"最佳人文金曲奖

2016年　出席中共广东省委宣传部召开的广东省推进音乐创作生产座谈会

担任2016香港国际声乐公开赛评委

创办中国第一个流行合唱大赛——"红棉杯2016广州流行合唱大赛"，并担任评委会主席

应邀访问拉美地区孔子学院

出席第十一届全球城市形象大使暨全球城市小姐（先生）选拔大赛大中华总决赛担任评委

担任在中国政协礼堂举办的"唱响慈爱，共筑民族梦"首届爱心歌手颁奖盛典总决赛评委

策划、制作了整合广府、潮汕、客家三大民系民间音乐的"首届南国音乐花会""新粤乐——跨界流行音乐会"及"南国流行风演唱会"

担任深圳全民K歌大赛总决赛评委会主任

作为校友代表参加中山大学2016届毕业典礼并作演讲

2017年 主持广东省流行音乐协会第四次会员大会并连任主席职务

应邀访问欧洲地区孔子学院

担任第十届中国金唱片奖评委

音乐剧剧本《一爱千年》（陈小奇编剧，原名《法海》）由中国歌剧舞剧院申报入选国家文化部艺术基金项目

《我相信》（陈小奇词曲）在"中国梦"主题歌曲创作征集活动中荣获优秀作品（最佳入围歌曲）

《领跑》（陈小奇词曲）获中共广东省委宣传部创新广东征歌优秀歌曲

《领跑》（陈小奇曲、梁天山粤语版填词）获中共广东省委宣传部创新广东征歌优秀歌曲

出席湖南卫视《歌手》节目，担任嘉宾评委

出席2017年首届全国高等艺术院校流行音乐演唱与教学论坛并致辞（广州大学举办）

出席北京2017年流行音乐产业大会并担任主讲嘉宾

参加"城围联围棋嘉年华·广西南宁暨城市围棋联赛2017赛季揭幕战"仪式，并在《围棋与大健康论坛》发表演讲

参加在香港会展中心举行的"2017华语金曲奖"并担任颁奖嘉宾，为香港著名词作家黎小田、郑国江颁奖

在第四届天下潮商经济年会（北京）被颁予"2017全球潮籍卓越艺术成就奖"

担任深圳2017年全民K歌大赛总决赛评委会主任

担任第二届广州红棉杯流行合唱大赛总决赛评委

担任首届广东省流行钢琴大赛总决赛总评委

被聘为星海音乐学院大学生艺术团艺术总顾问

2018年　《涛声依旧》（陈小奇词曲）入选《人民日报》发布的"改革开放40年40首金曲"

《涛声依旧》（陈小奇词曲）获上海人民广播电台《最爱金曲榜》"至尊金曲创作大奖"

在北京保利剧院举办由中共广东省委宣传部立项的"陈小奇经典作品北京演唱会"，该演唱会被确定为庆祝改革开放40周年广东音乐界唯一上京献礼项目

在北京港澳中心酒店会议厅举办"陈小奇词曲作品学术研讨会"

在美国旧金山举办"涛声依旧——陈小奇经典作品美国硅谷演唱会"

在美国接受凤凰卫视美洲台的专访

《百年乐府——中国近现代歌词编年选》出版发行（国务院参事室、中央文史研究馆主办，上海音乐出版社出版），收录陈小奇歌词11首：《我的吉他》《敦煌梦》《灞桥柳》《山沟沟》《我不想说》《涛声依旧》《大哥你好吗》《巴山夜雨》《白云深处》《大浪淘沙》《高原红》，为内地流行乐坛入选最多者

作为首席嘉宾在北京参加中央电视台《回声嘹亮——广东流行音乐40年》专题节目录制

作为中山大学校友代表参加中央电视台《百家论坛——我们的大学》作《千百个梦里，总把校园当家园》的专题演讲

在中央电视台录制中央电视台中文国际频道的《向经典致敬——陈小奇》专题节目

参加中央电视台中文国际频道《向经典致敬——春节联欢晚会回顾特别节目》并担任唯一的音乐界访谈嘉宾

《我不想说》（陈小奇、李海鹰词，李海鹰曲）、《大哥你好吗》（陈小奇词曲）入选"中央电视台庆祝改革开放40周年大型演唱会（广州）"

《我不想说》（陈小奇、李海鹰词，李海鹰曲）入选"中央电视台庆

祝改革开放40周年大型演唱会（深圳）"

被聘为广州市音乐家协会第七届名誉主席

创办广州陈小奇音乐有限公司流行童声品牌"麒道音乐"

2019年　受聘为广东省人民政府文史研究馆馆员，成为第一位以音乐人身份受聘的文史馆馆员

被广东省政协聘为湾区音乐博物馆艺术指导委员会委员

担任拙见文化探索官随团出访伊朗，为期8天，与伊朗文化部部长、旅游部副部长及伊朗音乐家、学者作交流

策划国内第一个国际流行童声大赛，赴维也纳爵士与流行音乐大学与格莱美奖得主卢库斯等一起担任首届维也纳国际流行童声演唱大赛评委

在扬州为中国文学艺术界联合会全国理论工作会议作流行音乐讲座

担任公安部第四届全国公安系统文艺汇演总评委

中央电视台中文国际频道于五四青年节向全球播出《向经典致敬——陈小奇》专题节目

担任第十三届《百歌颂中华》总决赛评委

在广东省文史馆为参事和馆员作流行音乐讲座

在著名的扬州论坛为市民作流行音乐讲座

出席潮语歌曲30周年颁奖盛典，获"终身成就大奖"，《苦恋》（陈小奇词、宋书华曲）、《彩云飞》（陈小奇词、兰斋曲）、《一壶好茶一壶月》（陈小奇词曲）、《韩江花月夜》（陈小奇词、兰斋曲）、《英歌锣鼓》（陈小奇词、兰斋曲）5首歌曲入选潮语歌曲30周年10首经典作品

2020年　抗疫歌曲《从此以后》（陈小奇词、高翔曲）获华语金曲榜歌曲奖

应邀在中共广东省委党校开办流行音乐讲座

音乐剧《一爱千年》（陈小奇编剧、作词，李小兵作曲）由中国歌剧舞剧院通过网络直播，成为全球第一部网络首演音乐剧

《改革开放与广东文艺40年》出版，陈小奇担任"第三编　改革开放

与广东音乐"的主编

广东广播电视台《岭南文化大家》栏目播出《陈小奇：中国流行音乐"一代宗师"》专题

广东广播电视台播出《艺脉相承——陈小奇》专题

在广东省工商联合会举办流行音乐讲座

在中山大学新华学院（今广州新华学院）作流行音乐讲座

担任第六届深圳全民K歌大赛总决赛评委

参加2020年首届大湾区现代音乐产业论坛并担任访谈嘉宾

参加粤港澳温州人大会并指挥合唱由陈小奇作词作曲的温州商会会歌《温州之恋》

创作并提出"少儿流行合唱"概念，推出少儿流行合唱教案

开始"陈小奇歌词意象画"创作

2021年　担任"百歌颂中华"总决赛评委

《百年乐府——中国近现代歌曲编年选》出版发行（国务院参事室、中央文史研究馆主办，上海音乐出版社出版），收录陈小奇歌曲9首：《敦煌梦》（陈小奇词、兰斋曲）、《灞桥柳》（陈小奇词、颂今曲）、《山沟沟》（陈小奇词、毕晓世曲）、《我不想说》（陈小奇、李海鹰词，李海鹰曲）、《涛声依旧》（陈小奇词曲）、《大哥你好吗》（陈小奇词曲）、《白云深处》（陈小奇词曲）、《高原红》（陈小奇词曲）、《马兰谣》（陈小奇词曲）

应邀继续在中共广东省委党校开办流行音乐讲座

担任第七届深圳全民K歌大赛总决赛评委

在广州图书馆作《小奇爷爷带你进入儿歌大世界》的讲演

与"南方+"合作策划并推出旗下少儿音乐素质养成机构"麒道音乐少儿原创歌曲专场"

被推选为广东棋文化促进会名誉副会长

2022年　陈小奇艺术馆由普宁市人民政府立项并动工建造

被推选为广东省流行音乐协会终身荣誉主席

应广州市文化广电旅游局邀请创作广州文旅形象歌曲《广州天天在等你》（陈小奇词曲）

为广东省文学艺术界联合会中青年文艺评论骨干研修班作《中华传统文化与流行音乐》讲座

歌曲《百里青山　千年赤岗》（陈小奇词曲），获振兴乡村征歌大赛二等奖

歌曲《杨门女将》（陈小奇词曲），获岭南原创童谣优秀作品三等奖

编辑《陈小奇文集》（含《歌词卷》《歌曲卷》《诗文卷》《述评卷》《书画卷》，共五卷），该文集将作为中山大学百年庆典项目，由中山大学出版社出版

到了这个年龄，我觉得该对自己几十年的所习、所思及各类创作做个回顾和总结了，于是，就有了这套自选本《陈小奇文集》。

文集分为五卷：《陈小奇文集·歌词卷》《陈小奇文集·歌曲卷》《陈小奇文集·诗文卷》《陈小奇文集·述评卷》《陈小奇文集·书画卷》。

《陈小奇文集·歌词卷》收入自己创作的歌词共计300首。1999年也曾出版过《陈小奇歌词200首》，这次增加了100首，这些歌词基本上是按照我自己的审美趣味从约2000首词作中挑选的，是否真实代表了自己的风格与水准？不知道。

《陈小奇文集·歌曲卷》同样收入了300首，其中自己作曲的歌曲242首（含自己包办词曲的作品187首），这一卷基本体现了自己在音乐上的追求与成果，内容上也包括了流行歌曲、艺术歌曲、旅游歌曲、企业歌曲、少儿歌曲、方言歌曲（含潮语歌曲、客家话歌曲、粤语歌曲）等；同时，鉴于自己是填词出身，故也收入了部分在不同时期与其他作曲家合作的较有代表性的填词歌曲58首。

《陈小奇文集·诗文卷》收入了我这几十年陆续创作的现代诗歌46首、剧本3部、散文及随笔25篇、创作札记11篇、为他人撰写的序文15篇、乐坛旧事（微博文摘）60篇，此卷以文学作品为主。

《陈小奇文集·述评卷》收入了演讲录15篇、访谈对话录23篇，这些均为根据口述整理的文稿。访谈对话录只收入部分以第一人称与访谈者对话的内容，其他由记者采写的文章因数量太多均不收录。此外，另收入了名家序文7篇、研讨会发言文稿17篇、各界评论6篇（含评论4篇、致敬辞2篇）。

《陈小奇文集·书画卷》收入了自己创作的歌词意象书画作品208幅，这些作品都是根据自己歌词生发的艺术衍生品，也算是一种别出心裁的探索吧！

与陈志红合著并曾获第八届"广东省鲁迅文学艺术奖（艺术类）"的《中国流行音乐与公民文化——草堂对话》一书因篇幅较大且已单独出版，故未收入文集之中。

早期的一些作品因年代久远已经佚失，多方搜寻未果，颇有些遗憾。

自1982年从中山大学中文系毕业之后，我主要从事的是歌词、歌曲的创作及音乐制作，多年的创作实践使我对流行音乐的理论建设和发展也有了更多的思考和探索，其间亦陆陆续续创作了一些文学作品。同时，由于兴趣爱好使然，我又介入对自己歌词的书法与绘画创作活动的尝试。此次结集，算是对自己几十年"不务正业"的一次回顾吧，虽是拉拉杂杂，却也让岁月多了些色彩与韵味。

看看走过的路，摸摸脚下的鞋，亦一乐也！

陈小奇
2022年9月9日